L'ÉQUATION DU NÉNUPHAR

Albert Jacquard est né en 1925 à Lyon dans une famille bourgeoise, catholique et plutôt conservatrice. Deux bouleversements influencent le cours de sa vie et lui forgent un caractère opiniâtre : la Seconde Guerre mondiale et l'accident de voiture dans lequel il perd son frère et ses grands-parents. En 1945, il intègre l'École polytechnique. En 1951, diplômé de l'Institut de statistiques, il entre à la SEITA où il s'intéresse à l'application de la statistique à la biologie. Il y consacre dix années pendant lesquelles il occupe les fonctions d'ingénieur en organisation et méthode, puis de secrétaire général adjoint. Après un court passage au ministère de la Santé publique de 1962 à 1964, il entre à l'Institut national d'études démographiques en 1965 et, parallèlement, suit des enseignements de biologie, de démographie et de génétique des populations. Il se spécialise dans cette dernière discipline pour laquelle il obtient un doctorat. Expert en génétique auprès de l'OMS de 1973 à 1985, il enseigne également dans les universités de Genève et de Paris VI.

Fervent défenseur du droit à la différence, Albert Jacquard prend une part active dans plusieurs controverses scientifiques des années 80. Désormais à la retraite, il consacre une part de son temps aux associations Droit au logement, APEIS (dont il est président d'honneur) et Droits Devant ! (dont il est coprésident), qui agissent pour aider les sans-abri, les sans-travail, les sans-voix...

Albert Jacquard a reçu, entre autres distinctions, la Légion d'honneur, le Prix scientifique de la Fondation de France (1980), le Prix littéraire de la Ville de Genève (1992).

Il est l'auteur notamment de *Génétique des populations* (1974), *Eloge de la différence* (1982), *Tous pareils, tous différents* (1991), *Science et croyances* (1994), *Le Souci des pauvres* (1996), *Petite Philosophie à l'usage des non-philosophes* (1997) et *A toi qui n'es pas encore né(e)* (2000).

Paru dans Le Livre de Poche :

LE SOUCI DES PAUVRES
PETITE PHILOSOPHIE À L'USAGE DES NON-PHILOSOPHES
J'ACCUSE L'ÉCONOMIE TRIOMPHANTE

ALBERT JACQUARD

L'Équation du nénuphar

Les plaisirs de la science

Dessins de Pef

CALMANN-LÉVY

À Richard Godineau, qui initia et suivit ce projet mais à qui la vie ne laissa pas le temps d'en lire l'aboutissement.

AVANT-PROPOS

« Monsieur, peut-on devenir généticien si l'on a un casier judiciaire ? »

« Monsieur, pourquoi est-ce que je suis née puisque je dois mourir ? »

« Monsieur, ne pourriez-vous demander aux adultes de s'arrêter de faire l'amour sinon on sera bientôt trop nombreux sur la Terre ? »

Ce sont là quelques-unes des questions inattendues et dérangeantes qui m'ont été posées au cours des rencontres auxquelles j'ai été invité dans les écoles. Les enseignants me font venir pour élargir le champ des réflexions proposées aux élèves, pour parler du rôle de la science dans notre société, pour évoquer les problèmes éthiques que posent les découvertes récentes de la génétique. Mais mes jeunes interlocuteurs bouleversent le programme et, rapidement, l'échange se focalise sur les problèmes qui les angoissent.

J'ai eu la chance de rencontrer des « écoliers » très divers par leur âge, leur culture, leur appartenance sociale. Face aux « Cours moyen 2 » des écoles de Vitry dans la banlieue sud de Paris, aux « troisième » du lycée Raymond-Poincaré de La

Courneuve dans la banlieue nord, aux élèves de l'école Jonathan de Montréal, aux « quatrième » des collèges du Val-Fourré près de Mantes, de Dampierre-sur-Salon en Haute-Saône ou d'Areines dans la Mayenne, aux « terminale » des lycées d'Albi ou des lycées français de São Paulo, de Buenos Aires, de Santiago du Chili, de Beyrouth, face aux jeunes de tant d'autres écoles où j'ai été invité, j'ai eu partout la même émotion devant la ferveur des enthousiasmes et la sincérité des inquiétudes. Partout les questions ont concerné le même sujet : dans quel monde allons-nous vivre ? Comment se préparer à y jouer un rôle ?

Grâce à quelques-uns de mes livres proposés comme sujet de lecture par les enseignants, à quelques textes donnés comme sujet de commentaire au bac, j'existe pour ces jeunes avant notre rencontre. Les premiers échanges en sont facilités. Il ont eu le temps d'affûter des questions plus ou moins liées aux matières du programme, mais très vite le dialogue s'oriente vers des domaines extra-scolaires où, souvent à la surprise des maîtres présents, il est question aussi bien de sexualité que de politique, de contraception que de Dieu. Ils n'ont plus alors en face d'eux le « scientifique » supposé compétent dans sa matière, la génétique, mais un homme qui réagit avec sa propre expérience et s'efforce de faire partager les quelques lambeaux de lucidité que cette expérience lui a apportée.

Ce livre est le produit des rencontres qui m'ont été ainsi proposées. Je voudrais qu'il les prolonge en incitant chacun à prendre conscience de la prodigieuse aventure qui se déroule en ce lieu magique d'échange qu'est l'école. Certes les jeunes y acquièrent l'indispensable savoir qui leur permettra d'agir, mais surtout ils y forment l'esprit critique qui leur permettra de choisir. L'enseignement de la science joue là un rôle décisif en montrant à chacun qu'il peut construire sa liberté. J'ai écrit ces quelques pages, me semble-t-il, sous la dictée de toutes ces filles et de tous ces garçons qui m'ont fait cadeau de leur confiance. J'espère ne pas l'avoir trahie.

PHOTOS DE CLASSE

Les rencontres avec les « petits » de l'école primaire sont particulièrement riches de prolongements inattendus.

Chez les enfants de dix-douze ans, les questions viennent des découvertes qu'ils font dans leur vie quotidienne et des innombrables informations que leur apportent les conversations avec les parents et les camarades, les revues, la télé. Ils essaient de créer une cohérence dans ce fatras, et y parviennent d'autant plus difficilement que leur exigence de compréhension est plus rigoureuse et qu'ils ne rencontrent guère d'adultes à qui s'adresser.

Les parents ne sont pas toujours disponibles, et surtout, il y a des interrogations qu'il est préférable de ne pas leur faire connaître ; elles seraient trop révélatrices d'attitudes intérieures, de transformations de soi qu'il paraît prudent de ne pas trop manifester. Ce n'est pas là hypocrisie, ou manque de confiance, c'est nécessaire délimitation d'un domaine réservé où développer son autonomie. Les instituteurs, les profs sont supposés tout savoir ; ils devraient être les interlocuteurs naturels, mais ils apparaissent comme les serviteurs du « système » ;

ils ont eux-mêmes un maître, le programme, personnifié par l'inspecteur. Ils sont les gardiens d'un troupeau qu'il faut faire entrer dans des enclos successifs, CM1, CM2, 6e, en évitant que trop de têtes ne se perdent en route.

Lorsque je suis face à quelques classes rassemblées d'une école primaire, j'ai le sentiment de n'être ni parent ni prof, un personnage différent, dont les maîtres leur ont parlé, dont ils ont lu quelques pages, qui a donc la stature d'un adulte à qui l'on peut s'adresser d'autant plus librement qu'il disparaîtra ensuite définitivement. Je suis un grand-père avec qui l'on peut être d'autant plus libre qu'il ne fait pas partie de la hiérarchie familiale. Devant moi, ils n'ont la crainte ni de paraître stupides en formulant mal une question, ni de trop manifester leurs angoisses en évoquant des problèmes personnels. Le scénario est toujours semblable : pour commencer, je réponds aux questions préparées avec les instituteurs et les professeurs sur la structure de l'ADN ou les paradoxes de la procréation ; je ne peux que répéter, avec d'autres mots, ce qu'ils ont déjà entendu sans oser dire qu'ils ne comprenaient pas. Puis viennent les questions inattendues, d'autant plus importantes pour eux qu'ils les ont lentement formulées, ou qu'elles résultent du choc d'informations contradictoires.

Les « grands » des collèges et les adolescents des lycées ont bien sûr un savoir beaucoup plus étendu. Ils ont appris toutes les belles choses écrites dans les livres étudiés classe après classe ; mais, étrangement, leurs interrogations, exprimées avec des mots plus savants, sont restées fondamentalement très proches de celles qu'ils formulaient quatre ou cinq années plus tôt. Ce savoir semble parfois plus accumulé que structuré ; il constitue comme une couche qui s'est déposée sur leur compréhension de la réalité, en l'occultant plus qu'en la rendant vivante. Les contraintes d'un programme imposé les ont trop souvent obligés à apprendre des réponses à des questions qui leur semblaient sans pertinence, sans autre intérêt que de leur permettre d'obtenir une bonne note à la prochaine interro. Le gavage est venu avant l'appétit, et a provoqué l'écœurement.

C'est au-delà même de ces programmes toute l'attitude du système éducatif qui était remise en cause, sans qu'elle en prenne la mesure, par une élève du collège Poincaré de La Courneuve constatant, après une série de rencontres : « Pour la première fois, quelqu'un nous écoutait. » L'école est perçue comme un lieu où l'on vient emmagasiner du savoir, comme une épicerie où l'on vient chercher des victuailles. Ce savoir est catalogué, rangé dans des livres, à la façon dont les boîtes de conserve sont rangées sur des rayonnages. Les programmes officiels sont semblables à la liste que la maman remet à l'enfant lorsqu'elle l'envoie faire les courses. « Tu dois apprendre le théorème de Pythagore » sonne comme « Surtout, n'oublie pas le pain ». Année après année, l'élève remplit son sac à provisions, qui devient ainsi de plus en plus lourd, comme est toujours plus lourd le cartable dont il est encombré au départ vers l'école. Les enseignants ne sont plus alors que les équivalents de fournisseurs plus ou moins spécialisés. Au collège, passer du cours de chimie au cours de géographie est comme aller, au marché, de la boulangerie à la charcuterie.

Ces programmes sont tellement chargés et considérés comme des objectifs si impératifs qu'ils deviennent l'obsession des professeurs. Arriver au mois de juin et ne pas avoir épuisé le programme est une faute qui risque de retentir sur leur carrière. Ils sont conscients de participer à un jeu aux règles arbitraires et qui n'a que peu à voir avec la finalité de leur action, mais ils en sont prisonniers. Que restera-t-il dans l'esprit des élèves des leçons où, pour ne pas perdre de temps, les véritables difficultés logiques, les paradoxes sous-jacents auront été escamotés ? C'est souvent en analysant longuement l'erreur de celui qui n'a pas compris, et qui a osé le dire, que la compréhension de tous progressera. D'où l'évident intérêt de classes hétérogènes.

Récompenses et considération devraient aller non à celui qui lève le doigt car il connaît la réponse à la question posée, mais à celui qui lève le doigt car il n'a pas vraiment compris l'explication donnée. Contrairement à l'opinion courante, celui-ci fait preuve d'intelligence, plus sans doute que ses camarades qui, eux, pensent avoir compris, ou n'osent pas avouer leur incompréhension. Car comprendre que l'on n'a pas compris est ce qui est le plus difficile à comprendre. Einstein, dont on loue à bon droit l'intelligence, était avant tout capable de débusquer les fausses compréhensions. Son célèbre « Paradoxe EPR [1] » avait pour but, en imaginant une expérience de pensée, d'aller au bout du raisonnement de la physique quantique pour en manifester l'insuffisance. Entraîner la réflexion

1. « Paradoxe EPR » : du nom d'Einstein et de deux de ses collaborateurs, Podolski et Rosen.

dans une impasse et aboutir à un paradoxe est un excellent moyen de faire comprendre la nature d'un phénomène. J'évoque dans le chapitre suivant combien il est facile de faire « sécher » élèves et professeurs en tirant les conséquences de la formule si souvent rabâchée du principe d'Archimède : « Tout corps plongé dans un liquide reçoit une poussée de bas en haut... » Malgré les apparences, cette affirmation est tout simplement fausse. Le petit jeu proposé est une bonne occasion de montrer l'importance de la rigueur ; il suffit d'oublier un adverbe pour qu'un théorème devienne une énorme ânerie.

Les minutes passées à réfléchir au contenu d'une erreur marquent plus profondément les esprits que les heures passées à ingurgiter des théorèmes exacts. Car ces minutes sont accompagnées d'une émotion, d'une révolte intérieure : « Comment ai-je pu m'y laisser prendre ? »

Ce rôle de l'émotion explique peut-être la moindre réceptivité à l'enseignement de tant d'adolescents. Au primaire, les enfants laissent s'exprimer leur affectivité ; ils aiment ou n'aiment pas, et cette affectivité est étroitement mêlée à leur cheminement intellectuel. Au collège, ils ont appris à s'en méfier ; ils savent qu'elle les rend vulnérables, ils la camouflent et affichent un détachement qui joue le rôle d'une cuirasse. Il est d'autant plus nécessaire de profiter des instants d'émotion survenus inopinément ; la cuirasse alors s'entrouvre ; les réflexions proposées peuvent mieux pénétrer dans la partie réellement vivante de leur intellect. Je l'ai ressenti au cours de l'épisode que je raconte plus loin à propos d'un « atelier d'écriture » dans une médiathèque de La Courneuve.

Pour tenir compte de cette réalité, l'enseignant ne peut se contenter de se comporter comme un fournisseur de savoir, car le cerveau de l'enseigné n'est pas une bibliothèque offrant de multiples rayons vides qu'il s'agirait de remplir. Il n'est pas davantage semblable à une machine dont il suffirait de bien connaître la notice permettant de l'utiliser. Il n'est pas une donnée. Il se transforme, il se structure en fonction de l'usage qui en est fait.

Cette auto-construction de l'outil intellectuel fait de l'éducation une activité sans équivalent. Elle a pour but d'é-duquer, de conduire hors de soi l'enfant en lui faisant comprendre qu'il a à mettre en place lui-même sa capacité de compréhension, d'imagination, d'évocation. L'essentiel de cette construction se déroule à l'intérieur de la tête de l'enseigné, hors de la vue de l'enseignant. Les mots eux-mêmes, un participe passé et un participe présent, nous trompent, en nous présentant le premier comme celui qui reçoit passivement, le second comme celui qui agit et qui donne. En réalité le premier est le véritable acteur, c'est à lui de jouer, de devenir lui-même. Le second devrait se satisfaire et être fier du résultat dans la mesure même où ce résultat lui échappe.

M'efforçant de me souvenir de ces rencontres, je constate que les différences s'estompent. Chaque classe avait sa personnalité, sa façon de poser des questions, d'écouter ; j'ai retenu surtout ce qu'elles avaient en commun : le désir de mieux comprendre le jeu collectif auquel ces jeunes allaient bientôt participer, le jeu de la vie en société. Cependant quelques images surgissent, un peu au hasard, lorsque je cherche à situer plus précisément telle ou telle rencontre. En désordre, voici quelques-unes de ces images, semblables à ces photos de classe rituellement prises chaque année dans la cour de l'école.

Mon souvenir sans doute le plus lointain de rencontre avec des écoliers me conduit à Ségou, au Mali. Je participais à une équipe allant faire une étude hémotypologique et ethnologique chez les Touareg Kel Kummer, à la frontière du Mali et du Niger. En raison d'un quelconque incident survenu à notre vieille Land-Rover, nous nous étions arrêtés au bord du fleuve pour réparer et nous reposer. En une foule bruyante, des enfants sont sortis de l'école voisine ; ils se sont précipités vers nous, non pour quémander des pièces de monnaie ou des bonbons, mais pour parler avec nous. Apparemment, leurs instituteurs leur avaient recommandé de profiter de ces occasions pour améliorer leur français, qui était d'ailleurs d'un bon niveau.

La conversation s'est orientée vers les maths. « Adressez-vous à Albert, c'est le meilleur en maths d'entre nous. » Face à leurs questions, j'ai improvisé un cours de géométrie et d'arithmétique. Mon souvenir est vif non des parties de leur programme qui ont été débattues, mais de leur empressement à s'informer ; leur appétit de comprendre semblait sans limites. Dans la paix de ce soleil couchant, au bord de l'immense et calme Niger, nous avons eu un échange pour moi inoubliable. Peut-être reste-t-il une trace de notre rencontre, dans un coin sans doute inconscient de l'intelligence que, depuis, ils ont construite.

Ce n'est pas dans une école, mais dans un théâtre que j'ai eu le public scolaire le plus nombreux. La prof de philo du lycée Rascol d'Albi était scandalisée par la proportion d'élèves de ce « Lycée d'enseignement général et technologique » qui manifestaient des opinions véritablement racistes. Elle a estimé de son devoir de ne pas laisser de futurs citoyens garder, au sortir du système scolaire, une vision de l'homme aussi fausse et aussi dangereuse. Ayant fait lire à ses élèves certains de mes textes à ce sujet, elle a eu l'idée, pour intéresser des jeunes plus attirés par la technique que par les discussions philosophiques, de faire venir l'auteur. Elle a présenté ce projet aux autorités et à ses collègues des autres lycées environnants, et ils ont si bien réagi qu'il a fallu ouvrir le théâtre municipal pour accueillir également les terminales du lycée classique Lapérouse d'Albi, et celles venues de Castres, ou de Carmaux. Du parterre au poulailler, toutes les places étaient occupées.

Malgré le caractère un peu officiel de l'endroit, « le courant est passé ». Un échange a pu avoir lieu dans une attention qui ne s'est pas relâchée durant deux bonnes heures. Chacun sentait que c'était de lui, de son avenir mais aussi de son présent qu'il était question.

Tout naturellement, cette rencontre s'est poursuivie ; Huguette Planès, qui en avait eu l'initiative, m'a proposé de répondre par écrit aux questions qu'elle pose à ses élèves. L'objectif n'était pas de constater que j'échouerais très probablement au bac philo, faute de ne plus rien savoir sur Spinoza ou Hegel ; il était de témoigner, au stade où je suis parvenu de mon parcours, des réactions d'un grand-père devant les problèmes que l'on fait étudier par les adolescents. Cet échange a abouti à un livre, *Petite philosophie à l'usage des non-philosophes*[1].

J'ai rappelé au début de ce livre cette question, à laquelle il n'était pas si facile de donner une réponse sincère : « Monsieur, peut-on devenir généticien si l'on a un casier judiciaire ? » Elle a été formulée par un garçon qui devait avoir quatorze ans, lors d'une rencontre au Val-Fourré, un quartier proche de Mantes-la-Jolie dont il est souvent question dans la rubrique des faits divers à propos de voitures incendiées ou de batailles entre les policiers et les bandes de jeunes.

J'ai été présenté comme généticien, les quelques indications que j'ai données à propos de mes activités ont éveillé son intérêt, avoir plus tard le même métier que moi lui semble un parcours envisageable et même souhaitable. Quant au casier judiciaire, certes, il n'en a pas encore ; mais j'imagine facilement que, dans sa famille, autour de lui, il en est souvent question. Totalement inattendue pour moi, cette interrogation a semblé naturelle à l'ensemble des jeunes qui m'écoutaient, la réponse les intéressait. Décontenancé, j'ai proposé : « Oui, pourquoi pas ? »

Mais il faut aller plus loin, utiliser les réflexions non dites qui ont abouti à cette question ; je dois

---

1. Calmann-Lévy, 1997 et Le Livre de Poche n° 14562.

m'efforcer d'une part de confirmer l'intérêt de la recherche en génétique, d'autre part de relativiser le drame qu'est l'existence d'un casier judiciaire. Tâche délicate, car je ne veux pas faire l'apologie de la délinquance et considérer une condamnation comme un incident mineur. Je ne peux pour autant présenter un passage devant la justice comme une catastrophe ruinant définitivement une vie. « Il est préférable de l'éviter, mais si un jour tu fais une sottise qui aboutit à un casier judiciaire, une fois payée ta dette à la société, tu repars d'un bon pied et, si tu en as envie, tu deviens généticien. » Le conseil est bon, facilement donné. Mais j'imagine, moi qui ne les ai pas rencontrés, les obstacles qui se dressent devant les ambitions de ce garçon.

La qualité de l'attention le plus souvent m'émeut. Ce que je dis est entendu, le contact avec l'auditoire opère comme une magie. J'ai l'impression que ceux qui m'écoutent sont provisoirement désarmés ; cette sensation m'incite à une grande prudence : surtout ne pas profiter de cette position dominante pour présenter comme fondées des idées qui ne sont que des opinions personnelles.

Il m'est arrivé cependant, une seule fois, de faire face à un auditoire non pas hostile, mais, ce qui est pire, totalement indifférent. C'était avec une classe de quatrième. Il pouvait s'agir dans mon discours de spermatozoïdes ou de galaxies, de racisme ou de quotient intellectuel, je n'avais devant moi, du moins chez certains, que des regards éteints. De toute évidence, ils attendaient poliment la fin. Rien ne semblait pouvoir les sortir d'une torpeur que je sentais délibérée. Pour échapper à ce marasme, je m'adresse à un garçon du premier rang :

— Les sujets dont je parle, est-ce qu'ils t'intéressent ? Réponds franchement.

— Non, monsieur.

— Qu'est-ce qui t'intéresse ?

— Mais, rien.

— Quoi ? Pas même les filles ?

— Non.

À la longue, il a convenu qu'il pouvait être intéressé par une seule chose, les vacances, mais il ne pouvait dire pourquoi. Le seul moment où je l'ai senti un peu présent à ce dialogue a été lorsqu'il m'a pris en flagrant délit de stupidité, posant une question dont la réponse lui semblait évidente pour tout être normalement constitué :

— Pourquoi viens-tu à l'école ?

— Mais parce que c'est obligatoire !

L'idée qu'il pouvait y avoir une autre raison à ce déplacement quotidien ne lui était jamais venue. Comment, arrivé à mon âge, pouvais-je ne pas déjà connaître la réponse ?

Je ne croyais guère jusque-là à la « bof génération », à ces jeunes totalement dépourvus de questionnement que nous présentent volontiers les médias. Hélas, elle existe, je l'ai rencontrée. Mais elle est très minoritaire, je peux aussi en témoigner.

Quelle peut être la cause d'une telle attitude, que je ressens comme non humaine ? Il est facile d'accuser la télévision qui les gave d'informations non coordonnées et supprime l'appétit de questionnement. L'origine de cet enlisement dans le brouillard est sans doute plus profond. Ils vivent dans une société qui serine à tous la nécessité de la compétition ; or ils savent fort bien que, dans cette compétition, ils partent avec de tels handicaps, sociaux, économiques, culturels, qu'ils seront nécessairement les perdants ; et ils en prennent leur parti.

En luttant, comme je le fais devant eux, contre l'attitude compétitive, je ne conforte nullement leur position de soumission passive. Tout au contraire je les appelle à réagir, à se battre, non pas *contre* les autres mais *avec* les autres, pour un objectif commun. Finalement, ce refus assez désespérant manifesté par certains jeunes de jouer le jeu que leur propose l'école renforce l'évidence d'une nécessaire transformation de l'objectif de l'enseignement.

J'ai, cependant, compris ce jour-là le poids de la déprime qui abat parfois certains enseignants. Comment surmonter leur déception lorsqu'ils cherchent tous les moyens de faire réfléchir leurs élèves, de les amener à se questionner, et se heurtent au mur de l'absence absolue d'intérêt ? Comment se battre contre le néant ?

Tout autre a été la rencontre avec une classe de troisième de La Courneuve, dont la professeur de français avait cherché à provoquer des réactions chez ses élèves en leur faisant rencontrer un poète. Elle a longuement exploré la liste des poètes français vivants sans parvenir à découvrir l'homme ou la femme répondant à ses désirs. En désespoir de cause, elle s'est rabattue sur un scientifique et, par l'entremise du Salon du livre pour enfants de Montreuil, a appris qu'un généticien accepterait sans doute de participer à l'expérience. J'ai saisi cette chance avec enthousiasme. Les rencontres, un après-midi par mois durant l'hiver 95-96, se déroulaient dans une médiathèque, au pied des longues barres de la Cité des 4000.

Face à moi, vingt-cinq jeunes, avec lesquels le jeu est de réaliser un travail d'écriture sur le thème des origines : origine de l'univers, origine de la Terre, origine de la vie, origine de l'homme, origine de la personne. Un beau programme qui a, dès le départ, passionné ces garçons et ces filles de toutes origines. Car ils ont aussitôt compris qu'au-delà des modèles scientifiques décrivant les processus à l'œuvre dans l'univers, c'était de la réalité et du sort de chacun d'eux qu'il s'agissait. Parler du big-bang est une occasion de s'émerveiller de la possibilité pour les hommes de reconstituer des événements passés qu'aucun animal ne peut imaginer, de regarder le monde non avec nos sens, mais avec notre intelligence, une occasion d'évoquer la prodigieuse capacité du cerveau humain à s'interroger, à imaginer des réponses, à échafauder des modèles explicatifs. Les cerveaux de ceux qui ont été capables de ces exploits, que ce soit celui d'Einstein écrivant les équations de la relativité générale, ou celui de Hubble constatant la fuite des galaxies, n'étaient pas fondamentalement différents du leur.

Mon rôle essentiel était de leur faire constater leur propre capacité de questionnement, de mettre en évidence les possibilités de leur propre imagination créatrice. Le résultat les a surpris, et leur a redonné confiance en leur outil intellectuel ; ils ont repris de l'audace au point que l'une des jeunes filles a osé, comme exercice d'écriture, ré-écrire la Genèse à sa façon, sans doute moins rigoureuse, mais plus jolie, selon elle, que celle de la Bible ou celle des scientifiques.

Le moment le plus émouvant a été provoqué par un garçon proposant de lire le texte qu'il avait écrit à propos de l'origine du cosmos ; il arrive à la phrase : « Le big-bang a été une révolution dans le néant. » Je l'arrête : « Magnifique ! Dans quel livre as-tu trouvé cette formule ? — Mais, monsieur, je l'ai trouvée tout seul. » Et toute l'assistance — ses camarades de classe, le personnel de la médiathèque, moi — a applaudi avec vigueur. La fierté qu'il ressentait le transformait ; il était admiré, il était heureux. Je n'ai pas eu à faire preuve de beaucoup d'imagination pour inclure dans le livre que j'écrivais alors : « Être heureux, c'est se savoir beau dans le regard des autres » ; cette phrase, que je suis si satisfait d'avoir écrite, m'a en réalité été dictée par cet élève. Nous vivions un moment de ferveur, qui a marqué dans leur esprit la valeur scientifique de cette hypothèse du big-bang, plutôt qu'il ne l'a masquée.

Naturellement, la discussion s'est prolongée avec passion à propos de cette théorie, si opposée à ce que leurs familles et les traditions de leur culture leur ont enseigné. Comment est-ce qu'un événement peut se produire dans le néant ? Cela est contradictoire avec le « rien » qu'implique le néant. Il faut donc admettre un au-delà de ce néant. Et nous voilà plongés dans des spéculations subtiles sur l'éventuelle intervention de Dieu. La plupart d'entre eux ont grandi dans la religion islamique. Ils savent que je n'y participe pas, mais ils respectent ma position car ils constatent que je respecte la leur.

Ce qui n'empêche pas des discussions vives, où chacun apporte ses arguments. Au détour d'une question anodine sur le bien et le mal, j'ai indiqué que je ne croyais pas au diable. Quel tollé ! Ils n'arrivaient pas à admettre qu'un individu apparemment raisonnable, que l'on présente comme intelligent, puisse affirmer des convictions aussi évidemment fausses. J'ai eu face à moi une unanimité qui m'a touché par la bienveillance qu'elle manifestait. Il s'agissait pour eux de m'ouvrir les yeux, de me débarrasser d'un préjugé qui risquait de me coûter cher ; c'était réellement pour me rendre service qu'ils alignaient les arguments prouvant mon aveuglement. Le moindre n'étant pas celui d'une jeune fille : « Je sais que le diable existe, puisque je l'ai vu. » La discussion a ensuite dévié sur le problème du mal, car j'ai bien dû admettre que, à défaut du diable, le mal existait.

L'école Jonathan de Montréal a été fondée avec l'objectif d'être un milieu éducatif répondant aux besoins réels de l'enfant, non un lieu de préparation à l'entrée dans un univers standardisé et destructeur de personnalité. Il s'agit d'aider l'enfant à être lui-même, à devenir simultanément autonome et socialisé. Les élèves y sont répartis en « groupes de base » d'une vingtaine comportant aussi bien des petits de cinq à six ans que des grands de onze à douze ans. La gestion du temps est décidée par le groupe, de même que la gestion du matériel et du budget alloué. Les éducateurs ont pour tâche d'inciter les élèves à s'intéresser aux diverses activités proposées et de répondre à leurs questions.

Je me souviens de ma surprise dans l'atelier de

mécanique où sont disponibles des scies, des marteaux, des outils évidemment fort dangereux. Les enfants y sont libres, sans même une surveillance ; la seule règle est de ne pas être plus de dix dans le local. Aucun accident ne s'y produit ; la conscience du danger est plus efficace qu'une présence adulte.

Mon contact a été trop bref pour que mon opinion sur une structure du système éducatif aussi différente de celle de nos écoles soit fondée. Mais la capacité des enfants à s'exprimer, à communiquer, à coopérer apparaît à l'évidence remarquable. Le point d'interrogation est la difficulté, après avoir vécu dans une ambiance aussi ouverte et constructive, de s'adapter aux règles de l'école traditionnelle qu'il faut bien, un jour, rejoindre. Les responsables m'ont assuré que ce passage était facilement franchi ; les enfants ont en effet acquis les qualités les plus essentielles, celles qui leur permettent d'être responsables d'eux-mêmes.

La directrice d'une école primaire de Port-Bouet, dans la banlieue d'Abidjan, apprenant mon passage à l'université de la Côte d'Ivoire, m'invite à rencontrer les élèves d'une de ses classes. Je me trouve face à quatre-vingt-quatre filles et garçons serrés sur de vieux pupitres en bois visiblement récupérés dans une école française. Prévu pour deux enfants, chaque banc en supporte trois. Le silence est total. Des questions ont été préparées ; les mêmes que j'entends à Vitry ou à Montréal. Le désir de comprendre est le même. Mais l'appétit d'accéder au savoir, de saisir toute occasion d'apprendre des notions nouvelles, est peut-être plus aiguisé encore qu'ailleurs, car ces enfants savent qu'ils sont des privilégiés. Certes pas par rapport à leurs camarades français, compte tenu de l'inconfort de leur classe, mais par rapport aux camarades de leurs villages, de leurs quartiers qui, pour la plupart, n'ont pas la chance d'aller à l'école. Ces jeunes Africains sont loin d'appartenir à une « bof génération » ; l'idée ne leur viendrait vraiment pas de répondre qu'ils vont à l'école « parce que c'est obligatoire ».

Les élèves du lycée français de São Paulo sont réellement, ils en sont conscients, des privilégiés. Un enseignement public et gratuit existe, certes, mais chacun sait que la qualité en est lamentable ; le gouvernement brésilien est face à une dette insupportable ; les autorités monétaires mondiales l'obligent à faire des économies ; pour y parvenir, il a choisi, comme tant d'autres États, de saborder le système éducatif. Les enseignants ne perçoivent que des salaires de misère. Le lycée français au contraire est un établissement privé et échappe à cette véritable catastrophe nationale. Le coût mensuel de la scolarité est de l'ordre de 3 000 francs ; peu de familles brésiliennes sont capables d'un tel effort. Mais, pour la majorité des jeunes présents, cette somme est dérisoire ; ils font partie des « riches », et les fortunes de nombreux « riches », en ce pays, sont aussi inimaginablement colossales que la misère des « pauvres » est inimaginablement insupportable.

Ces privilèges cependant ont leurs contreparties : certains des jeunes qui me font face sont venus au lycée accompagnés de gardes du corps qui les attendent dans la rue jusqu'à la sortie. Le risque d'agression ou même d'enlèvement est grand. Même les policiers qui patrouillent dans les rues sont source d'inquiétude ; mal payés, ils ne peuvent subsister qu'en se livrant eux-mêmes à quelques exactions. Mieux vaut faire confiance à sa propre police privée. Ce qui est logique, dans un pays où le maître mot du pouvoir politique est « privatisation » ; les transports, les services de santé, l'éducation sont peu à peu privatisés, pourquoi pas la police, en attendant l'armée ? En fait, ces élèves vivent dans une forteresse dont ils ne peuvent sortir qu'en courant de graves risques. Leurs appartements luxueux, les clubs de golf où ils rencontrent leurs amis, leurs maisons de campagne sont gardés en permanence par des vigiles filtrant sévèrement les entrées et les sorties. Leur vie entière va-t-elle se dérouler en acceptant cet enfermement qui préfigure le tombeau ?

Ce n'est certes pas dans ces termes qu'ils évoquent leur sort. Mais cette interrogation est sous-jacente. Leurs questions révèlent un trouble que mes réponses ne font qu'accentuer. Je constate avec eux le pouvoir proprement « révolutionnaire » de la lucidité. C'est en généticien que j'évoque la différence entre les individus, l'impossibilité de définir les races humaines, la définitive singularité de chacun, la non-égalité des patrimoines biologiques et la possible « égalité des chances ». Donner valeur à ces concepts, les relier à une recherche réaliste de la place de l'homme dans le cosmos, c'est ruiner les fondations du système social dans lequel ils vivent et dont ils sont bénéficiaires. C'est, peut-être, faire pénétrer dans leur esprit le doute qui fera d'eux les artisans d'un changement.

Je ne me cache pas devant eux de cette arrière-pensée. À chaque rencontre sud-américaine, j'ai répété le célèbre conseil de Machiavel à son prince : « Si tu veux éviter la révolution, fais-la. » En ajoutant que le « prince » d'aujourd'hui, c'est eux. Ils auraient pu me huer d'être ainsi iconoclaste, de renverser leurs idoles, de ruiner leur confort intellectuel. Je n'ai recueilli que des applaudissements enthousiastes, et même eu, à plusieurs reprises, l'honneur d'une *standing ovation*.

Ils savent bien que l'inégalité sur laquelle est fondé leur système social ne peut être acceptée comme une fatalité. Ils n'ignorent pas qu'un mouvement politique contestataire, celui des « Sans Terre », s'efforce depuis quelques années, malgré les tracasseries du pouvoir en place et même de sévères condamnations de ses dirigeants, de lutter en faveur d'une répartition moins scandaleuse des richesses. Une fraction très minoritaire du clergé catholique adhère, malgré les mises en garde du Vatican, à la « Théologie de la Libération », et en prêche les conséquences aux populations des favellas.

Les changements radicaux qui se produiront nécessairement peuvent être provoqués par la révolte de ceux qui ne supportent plus d'être soumis, exploités, méprisés. Ils peuvent aussi résulter du dégoût de ceux qui ne supportent plus d'être indûment des maîtres exploiteurs et méprisants. Peut-être dans l'esprit de quelques-uns de mes interlocuteurs brésiliens cette prise de conscience est-elle en devenir.

J'ai osé marquer une préférence pour les « CM2 », les enfants qui terminent l'école élémentaire. Il y a quelques années, paraphrasant dans le titre, *E = CM2,* la célèbre formule d'Einstein, j'ai consacré un petit livre à ces rencontres. Ce n'est pas pour marquer un moindre intérêt pour les jeunes un peu moins jeunes ; je voulais manifester mon émerveillement pour la fraîcheur et la profondeur des enfants de ce groupe d'âge. Ils savent poser des questions sans les faire précéder de : « Ma question est stupide, mais... » Ils n'ont pas honte de ne pas tout connaître, et savent que, venant d'eux, aucune question n'est stupide. Leurs interrogations sont en prise directe avec le bouillonnement intérieur qui les fait s'étonner devant le kaléidoscope de faits souvent incohérents que leur présente chacune de leurs journées.

Cette diversité ne facilite certes pas la tâche de celui qui est censé devoir répondre, mais provoque des échanges souvent inattendus, toujours fructueux. « Monsieur, pourquoi y a-t-il des races différentes ? », « Monsieur, pourquoi y a-t-il des garçons et des filles, ce serait tellement mieux s'il n'y avait que des filles », ce sont là des questions authentiques, qui doivent être prises au sérieux. Certes, je suis bien incapable de donner des réponses à ces « Pourquoi », mais ils sont la source d'explications et surtout de réflexions dont j'espère qu'elles les inciteront à se poser et à poser d'autres questions, exprimant des « comment ? ».

Les élèves plus jeunes sont certainement tout aussi passionnants, mais je ne connais pas assez leur langage et le cheminement de leur pensée pour vraiment échanger avec eux. J'en ai fait l'expérience lorsqu'un éditeur genevois m'a demandé d'écrire un petit livre pour les enfants de cinq ans. J'ai fait ce que j'ai pu, mais le résultat ne répondait guère à l'objectif ; le livre a été sauvé par le merveilleux dessinateur qu'est Pef ; non seulement il a apporté de géniales illustrations, mais il a entièrement réécrit le texte et trouvé un titre : *Deux sacrés grumeaux d'étoile !*

Avec les collégiens et les lycéens, le contact est généralement agréable, mais ils ont perdu la spontanéité des CM2. Que de fois, par provocation, je leur pose la question : « Pourquoi êtes-vous venus au lycée ce matin ? » À la réponse : « Pour préparer le bac », je réagis : « Vous n'avez donc rien à faire ici, le bac n'a qu'une importance secondaire. Vous venez ici pour construire votre intelligence. »

Lorsque la Fondation 93, dont la vocation est de répandre le goût des sciences chez les jeunes de Seine-Saint-Denis, m'a proposé une série de rencontres avec des CM2 des banlieues est et sud de Paris, j'ai donc répondu avec d'autant plus d'enthousiasme qu'elles devaient entraîner l'écriture de ce livre.

J'aimerais qu'il rende service à quelques enseignants. Certes, ma position lors de ces échanges est beaucoup plus facile que la leur. Comme je l'ai dit, je ne suis pas tenu par un programme ; les jeunes savent qu'ils ne me reverront pas, ils peuvent donc m'interroger sans peur d'être jugés ; et je bénéficie du prestige artificiel de celui « qu'on voit à la télé ». Mais ces avantages sont secondaires. Si je suis écouté, c'est que je parle à chacun d'eux. Un humoriste a donné comme titre à un livre : *Parlez-moi de moi, c'est la seule chose qui m'intéresse.*

C'était provocateur mais honnête. Qu'il s'agisse, comme nous le verrons plus loin, de la mesure du rayon de la Terre par Ératosthène ou de la définition de multiples infinis par Cantor, je m'efforce d'insérer le cheminement de l'intelligence de ces découvreurs dans le cheminement propre de l'auditeur, de prendre celui-ci par la main pour l'aider à progresser non dans un parcours imposé, mais dans son parcours personnel, en y éprouvant du plaisir.

LE REGARD DE LA SCIENCE SUR L'ENFANT

Avant de chercher à présenter aux enfants les richesses que la science nous apporte, il est utile de préciser le regard que la science d'aujourd'hui nous permet de porter sur les enfants. Face à eux, quelle image nous faisons-nous de ce qu'ils sont, de ce qu'ils peuvent devenir ?

Les avancées scientifiques du siècle qui s'achève ont totalement bouleversé notre regard sur l'univers ; le cosmos que l'on croyait stable s'est révélé être en expansion ; les atomes insécables qui constituaient la matière sont devenus des agglomérats de particules évanescentes ; le temps défini comme une référence absolue permettant de mesurer la succession des événements a fait place à la relativité de durées variables selon le mouvement de l'observateur et selon la densité des masses voisines ; aucun des mots que nous utilisons pour décrire le monde réel n'a gardé un sens identique à celui qu'il avait il y a quelques décennies.

Mais le bouleversement le plus radical concerne la partie de l'univers qui nous passionne le plus : nous. Nous savions que notre espèce n'était qu'une parmi d'autres, qu'elle s'était comme toutes les autres différenciée au cours d'une lente évolution.

Mais nous admettions qu'une différence essentielle distinguait les vivants des objets inanimés. L'ensemble des éléments qui constituent l'univers était réparti en deux catégories : ceux qui étaient dépositaires d'une dynamique spécifique, difficilement définissable, que l'on désignait par le mot « vie », et ceux qui en étaient dépourvus. Les hommes appartenaient évidemment à la catégorie des êtres vivants, ce qui leur permettait d'avoir un regard un peu méprisant sur les objets inanimés.

La découverte, au milieu du siècle, de la molécule d'ADN, a réunifié l'ensemble des éléments du cosmos ; les êtres dits vivants ne sont plus le produit d'une mystérieuse apparition de la « vie » ; ils sont le résultat de la complexification des structures matérielles qui a commencé peu après le big-bang et s'est poursuivie jusqu'à maintenant. L'arbre généalogique de l'ensemble des espèces, dont la nôtre, n'est donc qu'un élément de l'arbre généalogique de tout ce qui existe dans l'univers, que ce soient les rochers, les bactéries, les arbres, les chimpanzés ou moi. La recherche de mes origines en remontant dans le passé permet de reconstituer les phases successives d'un processus qui, au cours de quinze milliards d'années, a inlassablement créé des structures nouvelles. Cette quête ne s'arrête qu'au big-bang.

Un tel regard aboutit, en une première phase, à une banalisation de l'individu humain ; les mécanismes qui sont à l'œuvre dans son organisme sont non seulement identiques à ceux qui se déroulent chez les animaux mais, analysés dans leurs étapes les plus fines, ils peuvent être expliqués par le jeu des quatre interactions fondamentales (gravitation, force électromagnétique, forces nucléaires faible et forte) dont l'intervention permet d'expliquer la totalité des phénomènes observés dans l'univers, qu'ils se déroulent au cœur des galaxies ou au cœur des cellules de notre organisme.

L'affirmation des astrophysiciens « nous sommes des poussières d'étoiles » doit être comprise en son sens le plus littéral. L'homme est totalement réinséré dans le cosmos. Il en est, parmi une multitude d'autres, l'un des aboutissements de son histoire.

Comme toute structure concrète, un enfant est défini par les éléments qui le constituent et par les interactions qui font dépendre ces éléments les uns des autres. Pour comprendre les phénomènes qui se produisent en lui, il est nécessaire non seulement de préciser son état actuel, mais aussi de reconstituer le déroulement de l'histoire qui a abouti à cet état, car la dynamique présente est le prolongement de la dynamique passée. Pour ses divers organes, cette histoire est aujourd'hui connue avec beaucoup plus de précision qu'autrefois, et surtout le passage d'un stade au suivant peut être expliqué par l'intervention de mécanismes beaucoup mieux décryptés.

L'origine

Le point de départ, l'équivalent d'un big-bang personnel, on le sait depuis longtemps, est la fusion d'un ovule et d'un spermatozoïde (un bien vilain terme que certains enfants remplacent joliment par « super-matozoïde », ce qui leur permet d'imaginer qu'il était vraiment « super », celui qui les a faits).

Mais le rôle de ces deux êtres vivants, les « gamètes », qui peuvent être considérés comme les véritables géniteurs, n'est véritablement compris que depuis la découverte de l'ADN en 1953. On a alors pu reconstituer les mécanismes grâce auxquels ils apportent la totalité des informations nécessaires à la construction du futur individu. L'essentiel de cet apport est contenu dans leurs noyaux sous forme de chromosomes — vingt-trois chacun — dans lesquels est pelotonné un ruban d'ADN riche au total de quelque 3,2 milliards de structures chimiques élémentaires, les « bases ».

La succession de ces bases joue un rôle semblable à la succession des lettres d'un alphabet ; elle est l'équivalent d'un ensemble d'instructions en fonction desquelles se dérouleront tous les processus qui transformeront cette cellule initiale en un organisme diversifié.

Une discipline nouvelle, la biochimie, a eu pour tâche de décrire ces processus. Ses progrès ont été spectaculaires.

La question première est l'origine des informations ainsi fournies par les deux gamètes. La réponse avait été imaginée dès 1865 par le moine Mendel à partir de ses expériences sur les pois. Il avait compris que les deux individus parents n'envoyaient que la moitié des informations qu'ils avaient eux-mêmes reçues, et que cette moitié était le résultat d'un tirage au sort. Le mécanisme essentiel de la procréation est donc un ensemble de loteries. Contrairement à ce qui avait toujours été admis, un enfant ne reçoit pas telle caractéristique de l'un de ses parents ; il reçoit pour chaque caractéristique (que ce soit un trait apparent, comme la couleur de la peau, ou un trait révélé par des méthodes de laboratoire, comme les groupes sanguins) la moitié des informations que chacun de ses parents avait reçues.

Ce mécanisme rend totalement inexact le dicton « tel père-tel fils ». Chaque trait que manifeste l'enfant résulte de l'interaction de ce que lui ont fourni, par l'intermédiaire des gamètes, ses deux parents. Les interactions entre les gènes reçus sont telles que le trait de l'enfant peut fort bien être différent de tout ce qui a été observé jusque-là dans sa famille. Il est un être nouveau original ; il est même unique (à l'exception du cas des vrais jumeaux), tant sont nombreuses les combinaisons possibles de gènes. Toutes les réflexions que nous menons à propos d'un enfant doivent tenir compte de cette réalité trop bien cachée : il est un être produit par un processus qui a défini ses diverses caractéristiques au moyen d'un tirage au sort comportant un nombre pratiquement infini de résultats possibles. Le seul proverbe qui soit, à ce propos, réaliste, est celui que propose le généticien André Langaney : « Qui fait un œuf fait du neuf. »

Cet « œuf », dans notre espèce, n'est pas pondu, il reste à l'intérieur de la mère, où se déroulent durant neuf mois les mécanismes assurant le passage de la cellule unique à un agglomérat de milliards de cellules. Chacune de celles-ci reçoit, dans son noyau, une copie conforme des informations de l'œuf primordial, une copie du code secret permettant de réaliser l'ensemble de l'organisme. Pourtant, malgré cette connivence fondamentale, ces cellules se différencient, car chacune a sa propre histoire.

La différenciation

La multiplication par reproduction à l'identique de la cellule initiale produit une sphère homogène ; d'abord pleine, celle-ci devient en grandissant une boule creuse dont l'enveloppe se compose de trois couches. Peu à peu chaque cellule, en se reproduisant, c'est-à-dire en produisant un double d'elle-même, est à l'origine d'une lignée ayant une aventure propre. Cette aventure dépend certes de l'information génétique, la même pour toutes, mais elle est modulée par les circonstances résultant de sa position dans l'espace. Les cellules de la couche interne produiront l'appareil respiratoire et l'appareil digestif ; celles de la couche externe seront à l'origine de l'épiderme et du système nerveux ; celles de la couche intermédiaire des muscles, du squelette, du derme, de l'appareil urinaire. Rapidement, la forme sphérique se transforme, l'embryon s'allonge ; la prolifération des cellules est plus rapide en certaines zones, plus lente ailleurs ; des formes se constituent, faisant apparaître des sillons, des tubes, des cavités. Surtout, les interactions entre cellules voisines les amènent à utiliser certains des gènes qu'elles ont reçus et à en laisser d'autres en sommeil. Elles constituent des organes ayant chacun ses fonctions propres, tandis que les divers métabolismes commencent à assurer la coordination et le développement contrôlé de l'ensemble.

Un cheminement semblable se déroule, avec quelques variantes, chez tous les animaux. Aux premiers stades, la ressemblance est grande entre un embryon de salamandre, de grenouille, de phoque ou d'homme. Au cours de son développement, l'embryon d'homme semble reconstituer les formes des espèces qui se sont succédé au cours de l'évolution : poisson, reptile, mammifère, primate. Entre un fœtus de chimpanzé et un fœtus humain, la ressemblance est impressionnante. Elle n'a rien d'étonnant : les travaux des généticiens montrent que pour près de 99 p. 100, leurs patrimoines génétiques sont identiques.

Plus surprenante est la constatation que cette ressemblance entre ces deux espèces est moindre pour les individus adultes que pour les fœtus. Tout se passe comme si l'homme gardait certaines des formes atteintes à un stade fœtal alors que le chimpanzé poursuit plus avant sa transformation. Cette néoténie résulte d'un ralentissement du rythme de développement chez l'homme, lui donnant à l'âge adulte des traits en général constatés chez les embryons ou les jeunes primates. Cependant, la différence essentielle qui a provoqué l'originalité de l'aventure humaine concerne le développement du système nerveux central.

Le système nerveux central

Celui-ci commence à se former dès la sixième semaine de gestation à partir d'un tube creux dont les parois s'enrichissent de couches successives, accroissent leur surface, se plissent, et forment ce qui va devenir d'une part les deux hémisphères cérébraux, d'autre part le cervelet.

Au cours de l'évolution des mammifères, le nombre des cellules de cet organe, les neurones, a connu un accroissement fabuleux. Ainsi, pour un type défini de neurones du cervelet, les cellules de Purkinge, l'effectif total est de trois cent cinquante mille chez le rat, et de quinze millions, près de cinquante fois plus, chez l'homme ; pour l'ensemble du système nerveux central, le nombre de neurones est de l'ordre de cinq milliards chez le chimpanzé, de plus de cent milliards (certains spécialistes proposent un ordre de grandeur de quatre cents milliards) chez l'homme.

Pour toutes les espèces, ces neurones sont mis en place bien avant la naissance ; le petit naît avec un équipement neuronal qui ne se renouvellera pas. Lentement, avec l'âge, leur nombre diminuera, d'environ cinquante mille par jour sans doute pour notre espèce. Le poids du cerveau cependant augmentera jusqu'à la puberté : ce poids sera multiplié par 1,6 pour le chimpanzé, par plus de 4 chez l'homme. En effet, les neurones, tous présents à la naissance, ne sont pas alors dans leur état définitif : la couche protectrice qui les entoure n'est encore que partielle, et surtout ils n'ont pas généré les multiples connexions qui les relient aux neurones voisins. À la naissance, le nombre de celles-ci n'est que de quelques centaines ; il dépasse dix mille lors de la puberté.

Plus que les autres primates, le petit d'homme naît ainsi avec un cerveau non fonctionnel, qui lui impose une première période de vie particulièrement dangereuse. Dépourvu de la moindre autonomie, il est à la merci de son environnement. Ce handicap a été le résultat d'une incohérence de la nature apportant au fœtus un cerveau extraordinairement riche de cellules, donc un crâne particulièrement volumineux, sans pour autant accroître les dimensions du bassin de sa mère. Pour pouvoir expulser leur enfant, les femelles humaines n'avaient pas d'autre solution que de lui donner naissance bien avant qu'il soit capable de réagir. Cette mésaventure de notre parcours évolutif aurait pu entraîner la fin de l'espèce. Par chance, la sélection naturelle n'a pas été trop sévère. L'espèce s'est malgré tout maintenue. Le handicap d'un cerveau trop gros est devenu la chance d'un cerveau très gros.

Et surtout d'un cerveau à la richesse prodigieuse. Les nombres qui le décrivent sont hors de portée de notre imagination. Comment percevoir ce que représentent des milliards de cellules, des millions de milliards de connections ? Des métaphores sont nécessaires.

Aux enfants je propose une variante de la légende de Faust achetant au diable la jeunesse et le pouvoir en échange de son âme. Ce héros aurait été plus avisé en proposant au diable de lui vendre la collection des connexions entre ses neurones, les synapses ; compte tenu de la précision et de la complexité de ces objets, un prix de un franc pièce ne semble pas excessif. Si le diable, tenté, avait accepté, Faust aurait été à la tête d'une fortune de 100 000 000 000 × 10 000, soit un million de milliards de francs, de quoi payer pendant cinq siècles tous les impôts payés par les Français.

Un constat tout aussi époustouflant et plus concret peut être évoqué en faisant le calcul du nombre de secondes qui s'écoulent de la naissance à la puberté, environ cinq cents millions, et de diviser par ce nombre celui des synapses finalement mises en place : un enfant accroît donc son équipement cérébral de plusieurs millions de connexions, en moyenne, à chaque seconde.

Il n'est pas inutile de tirer les conséquences d'un tel constat qui décrit une réalité et qui semble pourtant invraisemblable.

Le rôle de l'aléatoire

Le rythme de fabrication de cette extraordinaire machine est-il compatible avec la réalisation d'un programme précis ? S'il existe, sous quelle forme est écrit ce programme ? La réponse du biologiste à la seconde question est connue ; ce programme ne peut être fourni que par le patrimoine génétique. Mais l'on se heurte là à une impossibilité : dans sa totalité, ce patrimoine est riche, au mieux, d'environ cent mille informations, et la machine qui doit être construite à partir de cette information est faite de plusieurs millions de milliards de pièces. Certes, l'on peut imaginer des processus combinatoires déterministes permettant de multiplier les cheminements définis par les données génétiques. Il ne semble pas que la nature utilise cette voie. Pour compenser la pauvreté des informations fournies, face à la richesse du résultat à obtenir, elle a recours à la prolifération des résultats auxquels peuvent conduire des processus aléatoires. Le patrimoine génétique propose une multitude de possibilités ; la succession aveugle des événements vécus par l'embryon, puis par le fœtus, choisit le réel parmi eux.

Une même donnée initiale peut donc aboutir à

de multiples réalités. L'aléatoire de la succession des événements qui contribuent à la construction de l'individu complète ainsi l'aléatoire de la constitution de son patrimoine de gènes.

De l'individu à la personne

Pour tous les animaux, les étapes du cheminement qui mène de la conception à l'être adulte sont semblables. Qu'elles soient déterminées ou qu'elles résultent du jeu de multiples loteries, elles aboutissent au stade où l'organisme réalisé est capable, à son tour, de produire des gamètes et de participer à la production de nouveaux individus. Les générations se succèdent, comme si le seul rôle de chacune était de passer le relais à la suivante, sous la forme du patrimoine génétique collectif.

Dans le cas des hommes, une étape supplémentaire apparaît ; ils deviennent individuellement capables de conscience : non seulement ils sont, mais ils savent qu'ils sont.

Devant cet événement, la science, à vrai dire, est déconcertée, car il ne semble pas réductible aux processus biologiques. Cette impuissance est intellectuellement très inconfortable. Pour échapper à une interrogation qui apparaît sans réponse, il est tentant d'évoquer un principe d'une autre nature que les éléments interagissant dans l'univers, une forme d'« énergie » venue d'ailleurs, une « âme ». Le scientifique ne peut démontrer ni l'existence ni la non-existence de ce principe, il est même incapable de le définir ou de préciser la moindre des caractéristiques dont il serait doté. Il préfère donc chercher dans une autre voie une explication de cette conscience.

Une issue logique est fournie par le constat d'un fait permanent : lorsque plusieurs ensembles matériels s'associent pour constituer un ensemble global formé de la totalité de leurs éléments, les propriétés de celui-ci ne se réduisent pas à l'addition des propriétés des ensembles partiels. Un « plus » apparaît. Trois noyaux d'hélium s'unissant forment un noyau de carbone ; les propriétés du carbone, acteur d'une chimie fabuleusement riche, n'ont guère de points communs avec les propriétés de l'hélium, acteur d'une chimie très pauvre. Les interactions entre les éléments, protons et neutrons, ont été multipliées, entraînant un accroissement de complexité source de l'émergence de performances inattendues.

Ce processus de complexification apportant des pouvoirs nouveaux est au cœur de notre vision de l'évolution de l'univers, depuis son état quasi homogène de l'après big-bang jusqu'à l'apparition, sur notre planète et peut-être ailleurs, de structures aussi riches que le système nerveux central de l'homme. Mais ce processus ne s'est pas arrêté à ce stade. Les hommes sont eux-mêmes les éléments d'un ensemble plus large, la communauté humaine. Dans la mesure où les interactions entre les individus font de cette communauté un ensemble complexe, elle est dotée de pouvoirs nouveaux que ne possède aucun homme isolé, mais dont il est bénéficiaire comme élément de l'ensemble. La capacité de faire émerger en chacun la conscience d'être est un de ces pouvoirs.

L'aboutissement local de l'élan vers la

complexité n'est donc pas chacun des hommes, mais l'objet unifié qu'est la collectivité humaine. La source des pouvoirs de cette collectivité est l'intensité des relations que les individus tissent entre eux ; immergés dans une communauté où chacun est au foyer des regards des autres, ils deviennent des personnes.

L'éducation

Dans cette optique, le rôle premier de chaque société est de faire participer ses membres à la construction des personnes, chacun devenant ce qu'il choisit d'être, grâce aux liens qu'il tisse avec les autres. Cela s'appelle l'éducation.

Pour que les échanges puissent véritablement créer ces liens, faisant de l'ensemble de tous une toile, il est nécessaire qu'ils soient alimentés par des mots et des concepts ayant le même sens pour tous. La discipline de leur usage doit donc être rigoureuse. Pour les scientifiques, cela s'appelle la science.

Pour les philosophes, cela s'appelle la philosophie. Mais pourquoi opposer ces deux aspects d'une même discipline ? Chacun peut, selon l'importance que l'on attribue à telle ou telle facette de l'activité intellectuelle, être considéré comme une branche de l'autre. La réunification s'opère d'elle-même si l'on s'éloigne des détails pour évoquer la finalité.

L'important est de se mettre d'accord sur cette finalité. Trop souvent, les enseignants sont à tel point obsédés par le désir de faire partager un savoir qu'ils considèrent celui-ci comme une fin en soi. Le système éducatif commet la même erreur lorsqu'il met l'accent abusivement, et souvent exclusivement, sur l'acquisition des connaissances, et surtout lorsqu'il confond la science avec sa fille, la technique. En fait, ces deux termes sont abusivement liés l'un à l'autre. Certes, les progrès techniques découlent des connaissances apportées par la science, tandis que les progrès scientifiques sont souvent le fruit de procédés nouveaux d'investigation mis au point par la technique. Mais ces deux activités diffèrent fondamentalement par leur finalité. Pour la science, il s'agit de comprendre, pour la technique, d'être efficace. Le scientifique échafaude des modèles explicatifs, imagine des concepts, leur adjoint des paramètres décrivant le réel, et représente les liens entre ces paramètres au moyen d'équations. Le technicien construit des machines, invente des assemblages, met au point des procédés et transforme le monde réel. Confondre ces deux activités peut conduire à de graves contresens. La science est comme un torrent qui alimente le fleuve de la technique. Ce qui est vrai pour le torrent n'est pas nécessairement vrai pour le fleuve.

Quel objectif proposer aux communautés humaines ? Trop souvent, elles se contentent de se rassembler autour d'un projet certes respectable, mais ne pouvant entraîner l'adhésion que s'il est lui-même au service d'une fin plus enthousiasmante. Il en est ainsi lorsque l'objectif est d'assurer l'ordre et la sécurité. Qui ne serait d'accord pour en bénéficier ? Mais l'expérience prouve que le désir d'ordre, l'obsession sécuritaire, la crainte de l'imprévu débouchent facilement sur une société totalitaire, bloquée, morte. La finalité du groupe ne peut se contenter de cibles aussi médiocres. Elle ne peut réellement être définie qu'en fonction du regard que la communauté porte sur chacun de ses membres. Rien ne peut être proposé sans répondre d'abord à la question de toujours : qu'est-ce qu'une personne humaine ?

La réponse est nécessairement arbitraire mais la science, et non la technique, permet d'en préciser les termes. Il paraît raisonnable d'admettre que cette « personne » est l'aboutissement d'un processus qui a débuté par la fusion d'un ovule et d'un spermatozoïde ; des mécanismes génétiques identiques à ceux qui sont à l'œuvre pour toutes les espèces sont ensuite intervenus et ont réalisé un individu, entièrement défini dès son origine par les informations génétiques qu'il a reçues. Puis cet individu a été plongé dans une collectivité humaine et celle-ci a fait émerger en lui la conscience d'être ; c'est le contact avec cette communauté qui a transformé cet objet en un sujet, cet individu en une personne.

Cette métamorphose, propre à notre espèce, est ainsi réalisée par des échanges : ils sont la clé du mystère humain. Éduquer c'est donc initier un enfant au jeu des échanges, échanges réciproques avec ceux qui l'entourent, échanges univoques avec les humains et les civilisations d'autrefois ou d'ailleurs. Quel qu'en soit le contenu, mathématique, physique, histoire ou philosophie, l'enseignement n'a donc pas pour finalité d'apporter du savoir, mais, au moyen du savoir, de fournir les meilleures voies permettant de participer aux échanges.

PETITS EXERCICES DE MISE EN FORME

La science est un effort vers toujours plus de lucidité. Il s'agit de créer dans notre esprit une représentation de la réalité qui nous entoure et de confronter les conséquences du « modèle » du monde ainsi élaboré avec les observations que nous pouvons effectuer. La construction, jamais achevée, de ce modèle suppose l'usage d'outils qui ne sont pas des pelles, des pioches, ou des truelles, mais des concepts.

Ces concepts sont des idées élaborées par notre esprit en fonction de ce que nos sens nous révèlent sur les objets peuplant le monde réel, ou imaginées par lui pour expliquer les transformations de ce réel. Nos sens nous montrent une boule de feu qui apparaît à l'horizon, monte dans le ciel, puis descend et disparaît. Nous nous souvenons d'avoir vu une boule semblable les jours passés. Est-ce la même ? Les premiers hommes ont, semble-t-il, répondu non, et imaginé un dieu qui, durant la nuit, fabrique cette boule et la lance au matin. Puis ils ont compris que cette boule était toujours le même objet, et l'ont appelée soleil. Ce soleil est un concept, non une donnée immédiate de nos sens. Viennent ensuite les questions : que devient-il pendant la nuit ? Pourquoi son mouvement se modifie-t-il au cours des saisons ?

Depuis les premiers balbutiements des hommes s'efforçant de donner une explication aux changements qu'ils constataient autour d'eux, que ce soit la succession des nuits et des jours, les mouvements des astres sur la voûte céleste, ou le retour des saisons, ces outils se sont peu à peu affinés. De proche en proche nous avons été amenés à définir des concepts aussi abstraits que la gravitation universelle de Newton ou la courbure de l'espace-temps d'Einstein. L'apprentissage de leur maniement exige donc toujours plus d'efforts. Et surtout, en raison même de leur abstraction, les comprendre avec suffisamment de précision pour qu'ils soient réellement efficaces exige un cheminement intérieur qu'il faut parcourir plusieurs fois avant qu'il ne devienne routinier.

Il en est ainsi en particulier des techniques de raisonnement regroupées sous le terme de « mathématiques ». Elles représentent un outil d'une telle efficacité que son usage se révèle nécessaire dans toutes les branches de la connaissance. Son apprentissage doit donc être entrepris le plus tôt possible et conduit de telle façon que, loin de rebuter, il provoque l'appétit de toujours aller plus loin. Ce qui est d'autant plus facile qu'il peut être présenté comme un jeu. Malheureusement, l'enseignement tel qu'il est pratiqué aujourd'hui est souvent très éloigné de cette attitude. Comble de contresens, les maths, qui peuvent être un joyeux exercice de mise en forme intellectuelle, sont présentées comme un obstacle à franchir et utilisées comme instrument de sélection. Que de fois, dès que je prononce le mot « mathématiques », les visages se ferment. « Non, ne parlez pas de maths, on n'y comprend rien. » Le défi est alors de montrer qu'en fait, les maths ne sont nullement réservées à quelques esprits supérieurement doués ; elles sont accessibles à tous, comme est accessible à tous une lime ou une varlope, à condition d'en apprendre le maniement. Commençons par évoquer certains aspects de cet apprentissage.

LES OUTILS ET LEUR USAGE

Un outil dangereux : l'addition

Lorsqu'un apprenti pénètre pour la première fois dans un atelier, son maître lui met entre les mains les outils dont le maniement est le plus facile, un marteau, un étau. Il s'empresse d'attirer son attention sur le danger de leur utilisation : que de dégâts ne peut-on faire avec un marteau !

Le premier outil que l'on ait mis entre nos mains lors de notre entrée dans l'atelier de la science a été l'addition. Nous en avons appris la table et elle est définitivement imprimée dans notre esprit. Cela nous est souvent utile, mais nous n'avons pas été suffisamment prévenus du danger que l'emploi de cet outil nous fait courir. Ce danger est mis en évidence par la célèbre affirmation du Don Juan de Molière. Son valet Sganarelle lui reproche son comportement avec ses maîtresses. « Qu'est-ce donc que vous croyez ? — Je crois que deux et deux sont quatre et que quatre et quatre sont huit. » Molière semble être d'accord avec cette énormité puisque Sganarelle ne contredit pas, comme il le devrait, son maître.

Il aurait dû lui faire remarquer qu'il confondait deux mots aux sens bien différents : « et » et « plus ».

« Plus » évoque une addition, « et » évoque une interaction. Pour le faire comprendre, il suffit de comparer la phrase « Un monsieur plus une dame » et la phrase « Un monsieur et une dame ». Le résultat de l'opération décrite par la première sera par exemple la somme de leurs tailles ou de leurs poids, celui de la seconde sera par exemple un roman ou une famille. Le danger d'un recours irréfléchi à l'addition est de nous cacher la richesse de la possible interaction. Au cours des processus qui se déroulent dans la nature, les additions sont rares, les interactions permanentes. Ce n'est que par paresse intellectuelle que nous réduisons la complexité de ces interactions à la simplicité de l'addition. Cela peut correspondre parfois à une approximation suffisante, mais il est prudent de se méfier. Une des avancées conceptuelles les plus décisives du XXe siècle, la relativité, aboutit par exemple à la remise en cause de l'addition des vitesses. Le voyageur qui, dans un train roulant à 100 km/h, s'avance vers la locomotive à 5 km/h n'a pas vraiment une vitesse de 105 km/h par rapport au sol. L'écart n'est pas bien grand, il est même invérifiable concrètement, mais il n'est pas nul et signifie que la composition des vitesses ne peut être, en toute rigueur, représentée par une addition.

En fait, la seule caractéristique permettant d'additionner les objets les uns aux autres sans trahir leur hétérogénéité et leur capacité d'interaction est leur valeur marchande. Parler du prix d'un bien rend possible de l'ajouter à un autre bien. Toutes les théories économiques sont fondées sur cette possibilité ; la tâche fondamentale des économistes est de plaquer un modèle additif sur l'ensemble des échanges, quel qu'en soit l'objet. Ce modèle peut rendre de grands services lorsqu'il s'agit d'échanger des biens marchandables ; il peut aussi totalement fourvoyer la réflexion lorsqu'il s'agit de biens aussi interactifs, aussi peu marchandables, et donc aussi peu additifs, que la santé, l'éducation ou la culture.

Nombres, mesures, opérations

Le manque de réflexion dans l'usage de l'addition n'est qu'un aspect d'une négligence beaucoup plus grave, un manque de réflexion dans l'usage des nombres. À quoi sert un nombre ? La réponse spontanée des enfants est : « À faire des opérations. » Il est vrai qu'à l'école, dès qu'un nombre apparaît, la nécessité de procéder à une opération quelconque va bientôt se manifester. Ils ont passé des heures à répéter les fameuses « tables » qui ornent le dos des cahiers de brouillon. Les règles de ces opérations semblent occuper la même « case » de leur intelligence. Cette cohabitation abusive explique les constats catastrophiques décrits par Stella Baruk dans *L'Âge du capitaine*[1].

Présentée aux élèves comme un chercheur scientifique venant évaluer leur niveau en mathématiques, elle leur posait, avec un grand sérieux, un problème du type : « Sachant qu'un bateau mesure 120 mètres

---

1. Stella BARUK, *L'Âge du capitaine : de l'erreur en mathématiques,* Seuil, 1985.

de long et porte une cargaison de 2 000 tonnes de charbon, quel est l'âge du capitaine ? » Les trois quarts des enfants de classes de CM2, plus de la moitié de ceux des classes de cinquième donnaient une réponse en additionnant, multipliant ou divisant les nombres donnés. Que le résultat soit, dans certains cas, évidemment stupide (un capitaine de plus de mille ans ou de moins de dix ans) ne les gênait pas, car « il s'agit de mathématiques, pas de réalité ».

Un collègue bruxellois m'a confié avoir prolongé l'expérience dans sa ville, persuadé que les enfants belges seraient moins déformés que les enfants français par un enseignement supprimant l'esprit critique. Ses observations furent identiques, avec de plus l'épisode révélateur suivant. Il avait posé à une classe le problème : « Dans ma poche gauche, j'ai 26 carambars, dans la poche droite 15 sucettes ; quel est mon âge ? » Tous les enfants commencèrent leurs calculs, sauf un, resté les bras croisés avec un sourire ironique. Mais ce sourire a disparu lorsqu'un camarade a posé la question : « Est-ce que j'ai le droit d'utiliser ma calculette ? — Autant que tu veux. » Aussitôt le récalcitrant se mit au travail. Devant l'intervention de l'électronique, il n'avait pu maintenir son esprit critique.

Peu nombreux sont les enfants (et les adultes) qui ont le réflexe de voir dans un nombre l'expression d'une mesure. Ce qui suppose la définition préalable de la caractéristique à mesurer et la définition d'une unité de mesure.

Trop souvent, le nombre est considéré comme un maître, alors qu'il n'est qu'un serviteur. Un exemple d'utilisation abusive du nombre est la recherche si fréquemment évoquée des parts de l'« inné » et de l'« acquis » dans le déterminisme de certaines caractéristiques.

Mesure et enchevêtrement des causes

« Monsieur, quelle est la part de mes gènes dans la construction de mon intelligence ? » La question revient systématiquement dans les rencontres avec les collégiens. Ils ont entendu parler des « dons » reçus en plus ou moins grande abondance par chacun. Ils ont été victimes de certaines revues comme *Le Figaro Magazine* répétant inlassablement que, pour l'essentiel, l'intelligence est innée, que certains individus sont des « surdoués », que certaines races sont par nature moins intelligentes que d'autres... Pourtant, à l'école, on leur a expliqué qu'il faut faire fonctionner son cerveau pour le rendre de plus en plus agile. Il est normal qu'ils se posent la question : leur capacité intellectuelle dépend-elle plus de ce qu'ils ont reçu de la nature ou des efforts qu'ils ont faits pour valoriser cet outil ? Je reviendrai sur ce sujet à propos des « Grands Débats », je me contente ici d'insister sur le contresens que représente le recours à un nombre pour répondre à cette question.

La discussion paraîtrait close si les scientifiques pouvaient conclure par un pourcentage. Certains psychologues ont d'ailleurs cherché une telle réponse en développant de savants calculs qui permettent de déterminer les « parts » de l'inné et de l'acquis dans la réussite intellectuelle.

En fait, tout nombre proposé est dépourvu de sens ; ce n'est pas sa valeur qui est trompeuse, c'est son existence même. Implicitement, le terme de « part » signifie que l'on admet une addition des deux séries de causes évoquées. Plus que d'une réfutation des valeurs souvent avancées (80 p. 100 pour l'une, 20 p. 100 pour l'autre), la question doit être à l'origine d'une réflexion, à vrai dire difficile, sur l'impossibilité de peser les rôles des divers acteurs lorsque l'action de chacun est sous l'influence de l'autre.

L'exemple du voilier qui navigue « au près », c'est-à-dire en remontant le vent, permet une analyse qui peut rendre claire cette difficulté. Transposée au cas du bateau, la question devient : de la force du vent ou de la résistance de l'eau, les deux facteurs à l'œuvre, laquelle est la plus importante pour acquérir de la vitesse ? Je veux aller, disons, vers l'ouest, mais le vent vient justement de cette direction et me pousse vers l'est, il contrarie mes intentions ; cependant, en inclinant mon bateau vers le sud-ouest, je provoque une résistance de l'eau qui me propulse vers l'avant ; en « tirant des bords », c'est-à-dire en alternant des parcours vers le sud-ouest puis vers le nord-ouest, mon voilier atteindra son but. Cette réussite n'est due ni au vent ni à l'eau qui, séparément, étaient l'un et l'autre incapables de m'aider ; elle est due à leur jeu simultané, à leur « interaction ». Bien qu'il soit contraire, le vent me permet d'aller d'autant plus vite qu'il est plus violent ; bien qu'elle ralentisse ma progression, la résistance de l'eau est nécessaire à cette utilisation de la force du vent.

Aucune des deux causes de mon mouvement n'est plus importante que l'autre ; chacune a été valorisée par l'action de l'autre. Qui serait assez stupide pour rechercher des « parts » ?

La transposition sur l'activité intellectuelle est évidente et permet une réflexion sur le rôle des handicaps. L'enfant subissant un handicap, qu'il soit physique, familial ou social, est semblable au navigateur qui veut aller contre le vent. Cela lui pose problème ; et la difficulté peut être dramatique. Mais l'intervention d'autres éléments peut transformer cette difficulté en moteur. La famille, les camarades, ceux que l'on côtoie dans la rue ou dans la « bande », tous participent à cette alchimie qui métamorphose un enfant en une personne responsable d'elle-même. Je m'accroche à l'espoir que l'école peut être le principal acteur transformant tout handicap en source d'énergie.

L'exponentielle et les nénuphars

Un domaine où les nombres risquent fort d'être plus un camouflage qu'un révélateur de la réalité est l'actualité économique. Faire réfléchir les jeunes à ce propos est d'autant plus nécessaire que c'est de leur avenir qu'il est question.

Tous les jours, les journaux ou les radios nous annoncent que la croissance du produit national brut n'est que de 2,3 p. 100 par an, que le nombre des chômeurs a augmenté depuis un an de 3 p. 100, qu'il faudrait une croissance de 4 p. 100 pour commencer à résorber ce chômage... Toutes ces affirmations rapportent les variations observées au cours d'une année, ou d'un mois, au niveau atteint à la fin de la période précédente. Elles décrivent une évolution que le mathématicien considère comme une « progression géométrique », c'est-à-dire dont la variation à chaque période est proportionnelle à la valeur déjà atteinte. Il décrit ce processus par l'équation :

$$dx = k\ x\ dt$$

où x est la mesure de la caractéristique étudiée, dx la variation de cette caractéristique au cours de la durée dt, et k un paramètre caractérisant la rapidité de ce processus. Il en conclut que cette caractéristique évolue comme une « fonction exponentielle du temps », ce qui s'écrit :

$$x(t) = x(0)\ e^{kt} \quad (1)$$

où x(t) est la valeur de cette grandeur à l'instant t, et e le « nombre de Neper » ou « nombre exponentiel » égal à 2,718...

Mais de telles formulations semblent rébarbatives, ou même incompréhensibles à beaucoup d'esprits ; elles provoquent un blocage de l'intelligence empêchant de tirer les conséquences, pourtant spectaculaires, d'une telle évolution.

Plutôt que de décrire ce processus au moyen du paramètre k caractérisant l'évolution par unité de temps (k = 0,03 signifiant une augmentation de 3 p. 100 au cours de la durée prise pour unité), il est beaucoup plus facile d'en mesurer les conséquences en évoquant le nombre n de ces unités (années, mois ou jours) nécessaires pour parvenir à un doublement, on peut alors écrire l'équation (1) sous la forme :

$$x(t) = 2^{t/n}\ x(0) \quad (2)$$

ARRÊTONS-NOUS...! ÇA VA MAL TOURNER !
MAIS NON, IL RESTE 97 % !
1er JOUR
24e JOUR 3%
29e JOUR . 50 %.
30e JOUR...!

Cette durée nécessaire au doublement est ainsi de soixante-dix ans pour un accroissement annuel de 1 p. 100, trente-cinq pour 2 p. 100, vingt-trois pour 3 p. 100, dix-sept pour 4 p. 100. La connaissance de cette évidence aurait évité à un ancien Premier ministre, pourtant réputé fort intelligent, de souhaiter une croissance de la consommation supérieure à 4 p. 100 durant trente ans pour commencer à réduire le chômage. En tirant les conclusions du rythme souhaité, il aurait constaté que cette évolution aurait nécessairement abouti à une multiplication par quatre de la consommation, ce qui n'est guère compatible avec la limitation des ressources de la planète et de sa capacité à absorber nos déchets.

Il faut garder à l'esprit qu'une augmentation de 2 p. 100 par an, qui semble bien modeste et raisonnable, correspond à une véritable explosion lorsque l'on raisonne à long terme : le doublement étant obtenu en moins de trente-cinq ans, il y a multiplication par huit au bout d'un siècle, soixante-quatre après deux siècles.

L'enseignement actuel n'insiste guère malheureusement sur ces évidences. Pour y sensibiliser les jeunes, je leur raconte l'histoire édifiante du nénuphar que l'on plante dans un grand lac et qui a la propriété héréditaire de produire chaque jour un autre nénuphar (autrement dit, l'évolution de son effectif est donnée par l'équation (1) avec k = 1, ou par l'équation (2) avec n = 1 jour). Il se trouve qu'au bout de trente jours, la totalité du lac est recouverte par les descendants de ce nénuphar et que l'espèce entière meurt étouffée, privée d'espace et de nourriture. Question : « Au bout de combien de jours les nénuphars ne couvraient-ils que la moitié du lac ? »

Avec les élèves du secondaire, la réponse jaillit comme une évidence : la moitié de trente, c'est-à-dire quinze jours. La bonne réponse est pourtant vingt-neuf, puisque le doublement est obtenu chaque jour. Pour rendre plus évidente l'erreur spontanée de raisonnement et faire un peu travailler les neurones, on peut alors poser la question : « Après combien de jours les nénuphars couvraient-ils à peine plus de 3 p. 100 de la surface du lac ? » Il suffit de remonter le temps à partir du trentième jour : et de constater qu'ils en couvraient 50 p. 100 le 29e, 25 p. 100 le 28e, 12,5 p. 100 le 27e, 6,25 p. 100 le 26e, 3,12 p. 100 le 25e. Imaginons donc qu'au 25e jour, un nénuphar anxieux de l'avenir attire l'attention de ses compagnons sur le danger qu'ils courent en proliférant ainsi ; il est probable que cette Cassandre ne pourrait se faire entendre. « Pourquoi nous inquiéter alors que nous avons ce comportement depuis plus de trois semaines et que 97 p. 100 de la surface du lac est encore disponible ? Nous avons largement le temps de voir venir, continuons comme par le passé. » Ils auraient tort ; l'échéance est à moins d'une semaine.

Les élèves des classes élémentaires d'autrefois étaient, paradoxalement, mieux préparés à déjouer les pièges de la croissance exponentielle. Ce mot n'était pas utilisé ; on évoquait plus simplement les « intérêts composés ». Vous placez 100 francs à la Caisse d'épargne à un taux d'intérêt de 3 %. Après une année vous pouvez toucher vos 3 francs, laisser votre capital et toucher ainsi 3 francs chaque année ; en un siècle, le placement de 100 francs vous permet ainsi d'en récupérer 400. Mais vous pouvez aussi laisser les 103 francs en dépôt ; une année plus tard, la Caisse d'épargne vous devra les intérêts sur

103 F ; votre avoir sera porté à 103 × 1,03 = 106,09 F. Ces 9 centimes supplémentaires peuvent paraître insignifiants ; en réalité, leur accumulation au cours des années suivantes va provoquer, si l'on sait attendre assez longtemps, une explosion de votre fortune. Ainsi, au bout de cent ans, le capital initial de 100 francs est devenu $100 \times 1{,}03^{100} = 1\ 920$ F, presque cinq fois plus que dans la première hypothèse. Il est facile de calculer qu'une somme de 1 franc placée à 3 % au début de l'ère chrétienne vaudrait aujourd'hui 38 millions de milliards de milliards de francs, la valeur, au cours actuel de l'or, d'une collection de lingots pesant six fois la masse de la Terre !

Autrement dit, tout phénomène évoluant dans le temps avec un taux d'accroissement constant peut certes débuter avec une croissance sage, à peine perceptible, donnant l'impression qu'il est raisonnable de la poursuivre, mais il débouche rapidement sur une phase d'accélération et conduit à une catastrophe.

Ce n'est pas seulement aux jeunes qu'il est nécessaire de faire comprendre le piège que constitue une croissance exponentielle : elle camoufle, sous des apparences anodines, une véritable explosion. Les pays dont la population n'a pas maîtrisé sa fécondité l'ont appris à leurs dépens.

Les angles alternes-internes et le rayon de la Terre

Les outils que proposent les maths ne sont pas seulement source de dangers ; ils peuvent aussi servir à des réussites inattendues. Pour montrer que la géométrie élémentaire peut permettre des exploits fabuleux, il suffit de raconter comment Ératosthène a été capable, trois siècles avant J.-C., de calculer le rayon de notre planète.

Sur le tableau (s'il y en a un, sinon je dessine en l'air, tout le monde voit), je trace deux parallèles et une sécante, et désigne deux angles :

— Comment appelle-t-on ces deux angles ?

— Ils sont alternes-internes ;

— Et que sont-ils ?

— Ils sont égaux.

— Bravo. Mais à quoi vous sert de connaître cette égalité ?

— À résoudre les problèmes qu'on nous propose et à avoir une bonne note.

— Et à quoi sert une bonne note ?

— À passer dans la classe au-dessus.

— Et à quoi sert de passer dans la classe suivante ?

On imagine la suite, qui aboutit nécessairement à la réussite au bac, considérée comme une fin en soi.

La remise en question est radicale si l'on admet que l'égalité des angles alternes-internes peut avoir une autre finalité, par exemple de calculer le rayon de la Terre. Ce que montre l'aventure d'Ératosthène. L'histoire ne s'est sans doute pas passée comme je la raconte, mais l'essentiel est véridique.

Ératosthène, donc, se promenait à la fin du mois de juin au sud de l'Égypte, sous le tropique du Cancer. Le jour du solstice d'été, à midi, il regarde dans un puits, constate qu'il n'y a pas d'ombre à l'intérieur, et note ce phénomène, dans sa mémoire.

L'année suivante, à la même date, il est au nord de l'Égypte ; à midi, il va regarder dans un puits et constate, avec surprise, qu'il y a de l'ombre. Les rayons du Soleil ne seraient-ils pas parallèles au nord et au sud ? Cette hypothèse est peu probable, compte tenu de la distance du Soleil.

Faisons plutôt, pense-t-il, l'hypothèse alternative que les puits ne sont pas parallèles. Mais ces puits sont l'un et l'autre verticaux ; donc les verticales ne sont pas parallèles ; elles se rencontrent. Par conséquent, la Terre n'est pas aussi plate que nos yeux nous le font croire ; elle est une sphère et non un plan.

La démonstration est déjà magnifique ; elle remet en cause une idée reçue. Mais, on ne sait pourquoi, Ératosthène veut aller plus loin dans sa description de la planète et mesurer la dimension de cette sphère. Voilà bien une question sans intérêt pratique (ce n'est que vingt-trois siècles plus tard que la réponse sera utile à ceux qui voudront lancer des satellites), mais on peut tout attendre d'un esprit curieux. Il dessine donc les rayons du Soleil parallèles au nord et au sud, la verticale du puits sud confondue avec ces rayons, et la verticale du puits nord qui joue le rôle d'une sécante. Pour calculer le rayon de la Terre, il suffirait de connaître la distance entre les deux puits, et l'angle *a* que font les verticales lorsqu'elles se rencontrent au centre de la sphère. Pour la distance, le problème est vite résolu. Ératosthène loue un chameau, mesure la distance qu'il parcourt en une journée, et le nombre de journées nécessaire pour aller d'un puits à l'autre. Pour l'angle au centre, l'affaire est plus délicate ; comment suivre les verticales jus-

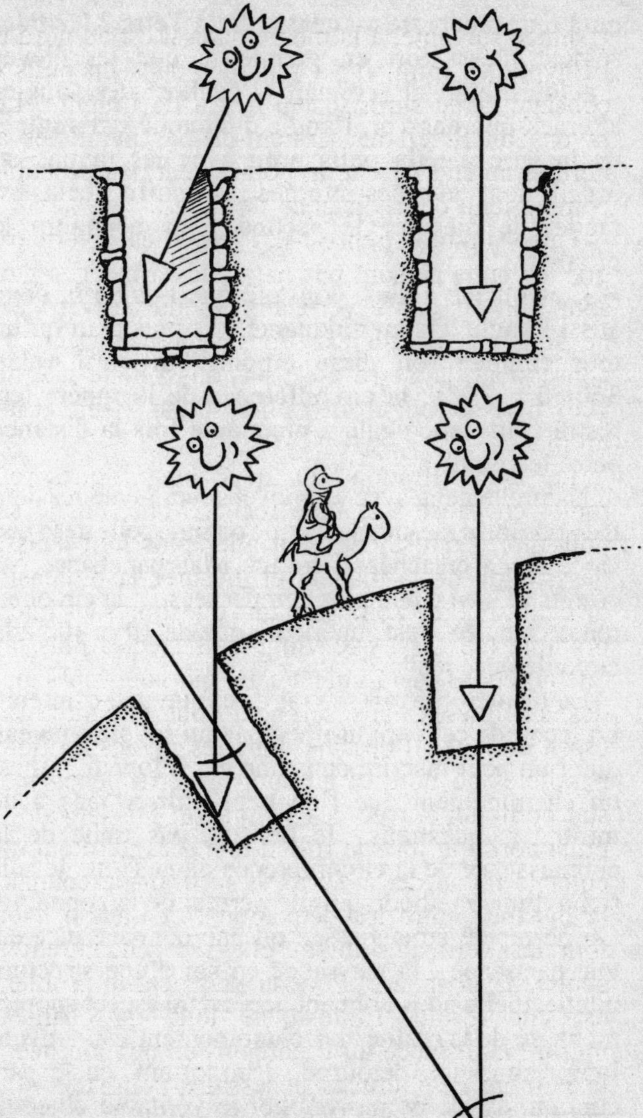

qu'à leur rencontre au centre de la Terre ? Heureusement, aussi fort en géométrie que les élèves d'aujourd'hui, il connaît l'égalité des angles alternes-internes ; or, l'angle *a* cherché et l'angle *b* de la verticale du puits nord avec les rayons du Soleil sont alternes-internes ; il suffit, cela est facile, de mesurer le second pour connaître le premier.

Ératosthène a ainsi constaté que l'angle *b*, donc aussi l'angle *a*, était cinquante fois plus petit qu'un tour complet (on dirait aujourd'hui qu'il valait 360/50 = 7,2°) ; la circonférence de la sphère terrestre était donc égale à cinquante fois la distance entre les puits.

Naturellement, avec les moyens rudimentaires dont il disposait, la mesure de l'angle comme celle de la distance étaient entachées d'erreurs. Mais par chance, ces erreurs se sont à peu près compensées, et la circonférence calculée n'est supérieure que de 10 p. 100 à la circonférence réelle.

Le résultat n'avait, à vrai dire, que peu d'intérêt. La leçon de cet exploit n'est pas un savoir nouveau que l'on peut inscrire dans une encyclopédie ; il est un cheminement que l'on peut utiliser face à de multiples questions. Je ne suis pas riche de la connaissance de la circonférence de la Terre, je suis riche d'une méthode qui me permet de la connaître. On ne répète jamais assez qu'une connaissance est une naissance : la naissance en soi d'une structure intellectuelle nous donnant accès à un aspect supplémentaire de la réalité. Le cheminement est souvent long, laborieux, détourné ; l'important, en le parcourant, est de ne pas oublier le véritable objectif. Dans l'immédiat, il peut être efficace d'apprendre des théorèmes pour réussir un examen, mais cet effort n'est justifié que par les réponses que ces théorèmes contribueront à concevoir à propos du monde réel qui nous entoure.

ATTITUDES

L'ouvrier qui a appris à se servir d'un outil peut, inlassablement, répéter les gestes qu'il a vu faire au cours de son apprentissage. Il peut aussi chercher à innover et mettre au point de nouvelles utilisations, au prix souvent de quelques ratages. De même les méthodes de raisonnement, le savoir longuement accumulé peuvent être employés de façon routinière ou devenir la source d'innovations.

Conformisme ou inventivité

Bien sûr, apprendre nécessite de passer par les chemins que nous indiquent ces guides que sont (ou devraient être) les enseignants. Mais il est parfois utile de s'égarer dans des sentiers non indiqués. Ils peuvent être des impasses, mais parfois ils nous conduisent plus vite au but. Pour le faire comprendre à mes interlocuteurs, j'aime leur raconter l'histoire de cet instituteur qui, pour avoir un peu de tranquillité pendant que ses élèves sont penchés sur leurs pupitres, leur demande d'écrire les nombres de 1 à 100, puis de les additionner.

1-2-3-4-5.....................97-98-99-100....
1+2=3
+3=6
Après 4+5 ou
3+4=7+5=12
euh...
1-2-3-4-5.................97-98-99-100...
TROP GRAVE,
LE PROF...!
1-2-3-4-5..............97-98-99-100...
1+100
=
101.
99+2
=
101.
tiens,
tiens...

Trois comportements sont alors possibles :

— celui des « bons élèves » qui font ce qu'on leur dit de faire ; laborieusement, ils additionnent les nombres les uns après les autres ; il est probable qu'ils se tromperont dans les retenues au moins une fois et n'obtiendront pas le bon résultat. Lorsqu'ils atteignent les environs de 80, ils sont rongés par l'angoisse d'avoir déjà commis une erreur, ce qui rendra faux le total final, même s'ils ne font plus aucune faute. Ils passent, tout au long de cet exercice, un moment fort pénible. Mais n'est-on pas sur cette Terre pour souffrir, et ne va-t-on pas à l'école pour travailler ?

— celui des « affreux loubards » qui se révoltent devant des travaux trop fatigants à leur gré. Écœurés par un exercice aussi déplaisant, ils n'essaient même pas d'additionner 1 et 2, déchirent les cahiers, déclenchent un super-vacarme, et l'instit n'a d'autre recours que d'aller chercher monsieur le directeur. Ils se sont bien amusés pendant quelques minutes, tant pis pour les heures de colle qui suivront. Mais n'est-ce pas le jeu dans cette société où tout se paye ?

— celui enfin des « utopistes » qui s'efforcent de meubler chaque instant de leur vie d'activités agréables, préparant pour la suite des activités plus agréables encore. Le travail proposé n'est évidemment pas joyeux du tout ; avant même de commencer, ils imaginent leur angoisse lorsqu'ils auront cheminé jusqu'aux environs de 70 ou 80 sans savoir si le total déjà obtenu est exact ou non, car ce total intermédiaire constamment changeant ne peut être vérifié. Le parcours proposé allant de 1 jusqu'à 100 est décidément trop ennuyeux ;

essayons un autre chemin ; pourquoi pas en spirale, en épuisant la collection des nombres par les deux bouts ? Ajoutons le 1 au 100, puis le 99 au 2, puis le 3 au 98... Merveille, le résultat est chaque fois le même, 101, et cela continuera jusqu'à ce que je parvienne au milieu de ma liste, où 50 ajouté à 51 donnera bien également 101. J'aurai cinquante fois obtenu 101. « Monsieur, le total est 101 × 50 = 5 050. » Et si l'instituteur excédé lui demande de faire l'addition des 10 000 premiers nombres, il peut répondre aussi rapidement : il suffit d'additionner le premier et le dernier et de multiplier par la moitié. Cet élève a compris que l'on est sur Terre pour être heureux, que l'on va à l'école pour s'amuser, et que les cours de maths doivent être des occasions de bien rire.

Il m'est arrivé de raconter cette fable devant mes étudiants de première année de médecine. Après le cours, certains venaient me voir : « Il me semble que votre addition des cent premiers nombres, nous l'avions apprise en terminale, c'est la formule $S_n = n(n-1)/2$, à moins que ce soit $S_n = n(n+1)/2$. » Ils avaient appris la formule ; ils la connaissaient le jour du bac ; ils l'avaient six mois plus tard oubliée. Ils faisaient partie de la première catégorie d'élèves, celle des bons élèves ; participant à l'odieuse et destructrice compétition qu'est actuellement dans notre pays la première année de médecine, ils s'enfonçaient plus encore dans l'attitude du conformisme et de la soumission, ce qui ne les préparait guère à leur futur métier.

Le but de l'enseignement n'est-il pas de proposer à chaque jeune de s'enrôler dans la troisième catégorie ?

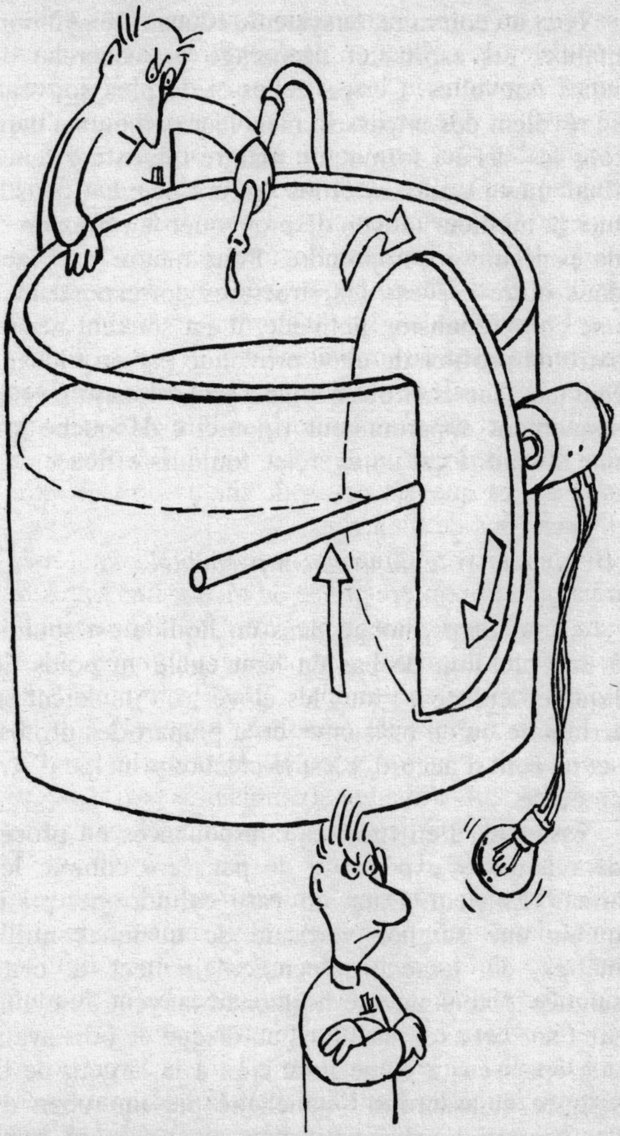

Tout au contraire, le système éducatif tend à normaliser les esprits et décourage la recherche de voies nouvelles. Certes, celles-ci, le plus souvent, se révèlent des impasses, mais leur parcours a dans tous les cas été formateur, malgré l'éventuel échec final. Les paradoxes et les erreurs peuvent constituer le meilleur moyen de provoquer la réflexion et de parvenir à comprendre. Pour mettre en place dans notre cerveau les structures correspondant à une compréhension nouvelle, il est souvent nécessaire de profiter du choc provoqué par un blocage logique. Chercher où se situe l'erreur lorsqu'un raisonnement apparemment rigoureux débouche sur une absurdité est un exercice toujours efficace.

Archimède et le mouvement perpétuel

« Tout corps plongé dans un liquide est soumis à une pression de bas en haut égale au poids du liquide déplacé » ; tous les élèves, qu'ils soient en terminale ou en troisième, et la plupart des professeurs, sont d'accord, c'est le célèbre principe d'Archimède.

Essayons d'en tirer les conséquences en procédant à une « expérience de pensée » comme les aimait Einstein. Dans un vase cylindrique, pratiquons une saignée verticale de quelques millimètres de large ; perpendiculairement à cette saignée, fixons un axe horizontal tangent au cylindre ; sur cet axe, installons un disque de bois ayant une épaisseur à peine inférieure à la largeur de la saignée et assurons l'étanchéité par un ruban de caoutchouc. Le dispositif étant ainsi préparé, remplissons le vase d'eau. La partie du disque (environ un quart) qui est immergée dans l'eau est soumise à la fameuse poussée d'Archimède ; cette poussée est une force verticale passant par le centre de gravité de la partie immergée du disque ; cette force exerce un effet de levier qui fait tourner celui-ci. Si l'axe sur lequel est fixé ce disque est relié au rotor d'une génératrice, l'on peut alors obtenir de l'électricité gratuite.

Pourquoi n'en a-t-on pas informé les abonnés d'EDF qui ont souvent du mal à régler leur facture ?

Après un moment d'étonnement, la réponse juste est formulée : « Ça ne peut pas marcher. » Certes, mais pourquoi ? Certains évoquent le mouvement perpétuel, dont ils ont appris qu'aucun dispositif ne permettait de l'entretenir. Cela est vrai, mais où est donc l'erreur commise dans le raisonnement ? Des détails sont avancés : la difficulté de réaliser une étanchéité sans frottement, les pertes de liquide... Mais il est rare que certains élèves osent remonter en amont et constater que le principe d'Archimède tel qu'il est énoncé est tout simplement faux. L'affirmation rigoureuse est : « Tout corps *entièrement* plongé dans un fluide (liquide ou gaz) est soumis à une poussée... » La seule différence est l'adverbe « entièrement ». Son absence dans l'énoncé suffit à orienter le raisonnement vers l'absurdité.

Autrement dit, la faute commise est un défaut de rigueur. Il ne suffit pas que les formulations se présentent sous la forme d'affirmations péremptoires pour être « scientifiques ». Plus l'apparence est conforme au jargon utilisé par les sciences, plus il faut être vigilant et vérifier chaque terme du cheminement.

Trop souvent les mathématiques sont ainsi utilisées comme un cache-misère conceptuel. Lorsque l'on ne sait pas trop bien de quoi on parle, il est tentant, pour faire illusion et camoufler le flou de la pensée, de représenter sans suffisamment le définir l'objet du discours par un symbole, et d'introduire ce symbole dans quelques équations. Plus ces équations seront compliquées, plus elles feront appel à des dérivées secondes ou à des intégrales, plus le tour de passe-passe sera réussi. Cette débauche de moyens édifie une façade de scientificité qui décourage la critique. Mais, comme le disait, en forçant l'accent de son pays, un ami médecin originaire d'Auvergne : « Ce n'est pas de la science, c'est de la chiance. » Dans l'expérience imaginaire que j'ai évoquée, il aurait paru savant d'introduire la densité du liquide, le rayon du disque, l'intensité des forces de frottement... La conclusion n'en aurait pas moins été absurde.

Moralité : dans un énoncé scientifique, aucun mot n'est de trop.

L'enfermement spontané

Cette attitude critique n'est pas seulement nécessaire à l'égard des affirmations qui nous sont assénées ; elle doit s'exercer à propos de notre propre comportement. Nous nous enfermons souvent dans un domaine logique qui nous empêche de trouver l'issue des problèmes à résoudre. Cet enfermement spontané peut être révélé par quelques épreuves, dont nous retenons d'autant mieux la leçon que nous sommes vexés de nous être pris à notre propre piège.

Voici neuf points disposés en carré :

Essayez de passer une fois sur chacun de ces points en traçant quatre segments de droite consécutifs. L'immense majorité des personnes qui s'y efforcent déclarent, après quelques essais infructueux du type :

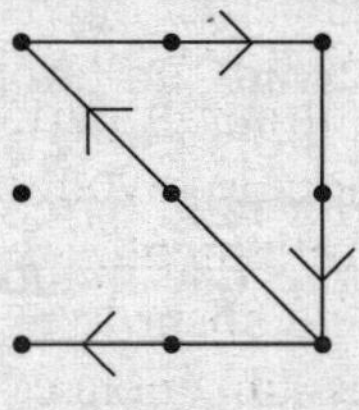

qu'il n'y a aucune solution. Pourtant, celle-ci est évidente : il suffit de prolonger deux de ces segments de droite hors du carré :

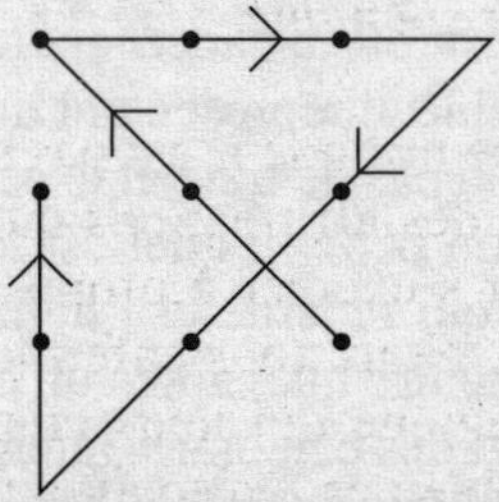

Pourquoi ce tracé si simple n'a-t-il pas immédiatement été proposé ? En fait, une contrainte non exprimée a été spontanément admise : la limitation de l'espace du jeu au carré dans lequel sont situés ces neuf points. Il suffit de lever cette contrainte pour que la solution apparaisse ; mais la lever est d'autant plus difficile qu'elle n'est pas exprimée.

Que de fois l'impossibilité pour l'élève de comprendre une explication a pour cause l'ajout implicite à la question évoquée de conditions, notamment de conditions aux limites, que l'enseignant ne peut imaginer. Le problème que l'élève s'efforce en toute bonne foi de résoudre n'est pas celui que pose le maître.

Comprendre une théorie nouvelle implique toujours un effort intellectuel intense. L'esprit bute sur mille difficultés, avant qu'un jour tout devienne clair. La difficulté alors est de se souvenir du long cheminement qu'il a fallu parcourir et, ayant enfin compris, comprendre que d'autres puissent ne pas comprendre.

De même des difficultés de raisonnement presque insurmontables sont souvent provoquées par le choix d'un cheminement logique inadapté. L'exemple classique d'une interrogation fourvoyant dans une mauvaise direction est fourni par cet apologue : un homme contemple un tableau représentant un homme et vous déclare : « Je n'ai pas de frère et le père de cet homme est le fils de mon père » ; quel est le lien de parenté entre l'homme qui regarde et l'homme du portrait ? L'expérience montre que, après un effort intellectuel inutile, la plupart des personnes interrogées renoncent à formuler une réponse sûre tout en estimant que, sans doute, le portrait est celui de l'homme qui regarde. Il suffit pourtant de tenir compte des deux liens de parenté évoqués dans l'ordre inverse du discours pour que tout soit clair :

— « Le fils de mon père », c'est moi.

— « Le père de cet homme » est, par conséquent, moi.

— Autrement dit : « Cet homme est mon fils. »

Cette inversion entre l'ordre du raisonnement et l'ordre du discours apportant les informations transforme en une évidence une difficulté devant laquelle l'esprit renonce ; mais cette difficulté était, à vrai dire, presque imposée par la façon dont la question était énoncée.

Ceux qui se laissent prendre à de tels pièges sont-ils moins « intelligents » que ceux qui y échappent ? Cette interrogation n'a guère de sens. En fait, il s'agit surtout d'acquérir le réflexe, devant une question apparemment difficile, de la formuler autrement.

Et bien souvent de savoir être non conformiste.

Socrate et l'esclave

Cette nécessité est merveilleusement mise en évidence par Socrate dans le célèbre passage du Menon de Platon à propos du doublement de la surface d'un carré. « Voici un carré, lui dit un de ses amis, j'ai besoin de dessiner un carré dont la surface est deux fois plus grande. Je n'y parviens pas car, si j'adjoins un carré identique, la surface est bien doublée, mais j'obtiens un rectangle, non un carré ; et, si je double la longueur des côtés, j'obtiens bien un carré mais sa surface est quatre

fois, et non deux fois, plus grande. Que faire ? » Socrate ne cherche pas à lui donner la réponse, mais la fait découvrir à un esclave accompagnant son ami. Socrate part du dessin obtenu en doublant la longueur des côtés, et fait tracer une diagonale sur chacun de ces carrés. Pas à pas, en marquant chaque étape, il fait découvrir par l'esclave que la figure dont ces quatre diagonales sont les côtés est un carré, et que sa surface est bien le double de celle du carré initial (puisque composée de quatre demi-carrés). Sans formulation compliquée, Socrate met devant nos yeux un segment de droite, la diagonale, dont la longueur représente le nombre « racine de deux ».

Retenons que Socrate n'a pas cherché à s'exprimer devant un personnage particulièrement intelligent ; revenant aujourd'hui, il ne ferait pas sa démonstration dans un amphi d'une « grande école ». Il s'est adressé à un esclave, personnage supposé ignorant mais sensé. Il a totalement dissocié la compréhension du savoir.

EXPLORATIONS

Même les concepts les plus subtils peuvent être présentés aux jeunes très tôt, sans prétendre les leur faire comprendre dans toute leur subtilité, mais afin de donner le goût d'aller plus loin dans la direction qu'ils indiquent. Il ne s'agit pas d'explorer en détail une contrée nouvelle, mais d'y faire quelques pas pour provoquer l'envie de s'y aventurer plus avant le jour où l'on sera suffisamment armé. Ainsi peut-on, par exemple, sans employer de mots savants, faire comprendre comme par jeu la différence entre les nombres réels et les nombres rationnels, faire réfléchir à propos des paradoxes que recèle le mot *infini,* introduire le concept d'*indécidabilité,* scandaleusement ignoré de la quasi-totalité des étudiants, ou commencer à saisir le concept de *temps propre,* base de la relativité. Lorsque j'évoque ces problèmes devant des lycéens ou même des collégiens de troisième, je ne prétends pas leur faire un cours rigoureux dont ils ne pourront saisir la portée que plusieurs années plus tard ; il me suffit de faire partager mon enthousiasme devant les progrès de la pensée qu'ont apportés quelques hommes aussi imaginatifs que Cantor, Russel, Poincaré, Einstein, Gödel, et tant d'autres.

À la recherche de l'infini

Imaginons que nous devions aller du point A au point B dans un pays où les chemins, à la façon des routes qui parcourent les États des grandes plaines américaines, ou des rues et des avenues de New York, sont tous tracés selon des lignes droites orientées soit nord-sud, soit est-ouest. Le voyageur a-t-il intérêt, pour raccourcir le parcours, à aller jusqu'en C sur la route qui mène à l'ouest, puis jusqu'en B sur la route qui mène au nord, ou à faire des étapes plus courtes et à suivre un chemin fait d'une succession de segments qui alternativement mènent vers l'ouest et vers le nord ? La géométrie la plus élémentaire permet de dire que, quel que soit le nombre des tournants, la longueur des trajets est la même.

Multiplions ces tournants, en donnant à tous les segments de droite une longueur de plus en plus petite. Le parcours suivi se rapproche de la diagonale AB ; il « tend », selon le langage des mathématiciens, vers cette diagonale. Mais sa longueur reste toujours égale à celle du chemin ACB. Doit-on en conclure que AB = AC + CB ? Cela signifierait que, pour aller d'un point à l'autre, peu importe le chemin suivi, faire un détour n'allonge pas. Cette conclusion est évidemment absurde ; mais où est l'erreur dans le raisonnement qui y aboutit ?

Rester quelques instants devant cette difficulté n'est pas du temps perdu. Est-ce que par hasard, l'affirmation de l'égalité des longueurs des divers parcours lorsque le nombre n des tournants augmente deviendrait fausse à partir d'une certaine valeur de n ? Il est clair qu'ajouter deux, quatre ou mille tour-

ÉTAT DU JACQUARDSKA

nants ne change pas cette longueur. Alors ? La réponse, les mathématiciens la connaissent, mais pas depuis longtemps. Il a fallu attendre Cantor pour, à la fin du XIXe siècle, comprendre que le chemin en zigzag ne « tend » nullement vers la diagonale ; il se rapproche d'elle autant que l'on désire, mais il ne peut s'identifier à elle, car le nombre des tournants tend vers l'infini des nombres entiers, tandis que le nombre des points de la diagonale est l'infini des nombres réels, et le second est beaucoup plus « grand » que le premier.

Le résultat est que le mot « infini » vient de perdre son sens, ou plutôt d'en acquérir deux ; ce qui nécessite d'employer deux mots différents. C'est ce qu'a fait Cantor en les baptisant Aleph 0 pour le premier, Aleph 1 pour le second, et en proposant un moyen simple de construire ainsi une ribambelle « infinie » d'infinis de plus en plus riches. « Ce moyen, je le réserve pour une autre fois, si vous êtes sages. »

L'expérience prouve que cette analyse d'un concept accepté depuis les premiers débuts de l'apprentissage des nombres est perçue comme une ouverture vers des horizons nouveaux, permettant de regarder les maths non plus comme un assemblage de théorèmes qu'il faut connaître, mais comme un véritable terrain de jeu où, parfois, les certitudes se lézardent.

De Pythagore à Einstein

La merveilleuse aventure d'Ératosthène permet de sentir le lien profond, organique, entre l'effort intellectuel apparemment artificiel aboutissant à des théorèmes et la compréhension du monde réel. L'égalité des « angles alternes-internes » n'est qu'un savoir mort si son intérêt se borne à répondre à un problème qui n'a été imaginé que pour vérifier ce savoir ; elle devient un outil fabuleusement efficace de naissance au monde si elle est la clé d'une vision réaliste de notre planète. Un cheminement semblable peut être suivi, qui va nous mener de Pythagore à Einstein, de la géométrie élémentaire à la théorie de la relativité.

Il suffit, pour comprendre la suite de ce paragraphe, de connaître le théorème de Pythagore énonçant que « le carré de l'hypothénuse d'un triangle rectangle est égal à la somme des carrés des deux autres côtés ». Ce qui s'écrit : $AB^2 = AC^2 + BC^2$. Munis de cet outil, intéressons-nous à la durée du parcours d'un éclair lumineux envoyé sur un miroir et revenant à son point de départ. Nous admettrons, comme un principe de base, que la lumière se déplace dans l'espace (nous le supposons vide) avec une vitesse certes très élevée mais finie — 300 000 km/sec —, et que cette vitesse ne dépend ni du mouvement des corps qui l'ont émise ni du mouvement de celui qui la mesure. Cette constance est un fait expérimental qui a longtemps semblé en contradiction avec les fondements de la physique, jusqu'à ce qu'Albert Einstein rétablisse la cohérence grâce à la théorie de la « relativité ». Cette vitesse, notée c, est une des constantes de notre univers.

Quelle sera la durée de l'aller-retour ?

Si le miroir et l'observateur sont immobiles l'un par rapport à l'autre, les deux événements : émis-

sion de l'éclair, retour de l'éclair, ont lieu au même endroit, et sont donc notés par une même horloge. La durée (t) du temps écoulé entre ces deux événements est :

$$t = 2D/c$$

où D est la distance entre l'observateur et le miroir.

Si, en revanche, l'observateur se déplace avec la vitesse v par rapport à l'espace dans lequel le miroir et les horloges indiquant le temps sont immobiles, le trajet suivi par la lumière tiendra compte de ce déplacement ; notons 2D' sa longueur. La durée du parcours sera donc différente, notons-la $t' = 2D'/c$. La distance entre les deux horloges situées l'une au point d'émission de l'éclair, l'autre au point de réception, est égale à vt'. Le théorème de Pythagore nous permet d'écrire :

$$D'^2 = D^2 + (vt'/2)^2 = D^2 + v^2t'^2/4$$

d'où

$$t'^2 = 4D'^2/c^2 = 4D^2/c^2 + v^2t'^2/c^2$$

et

$$t' = t\,(1 - v^2/c^2)^{-1/2}$$

Cette formule est célèbre, mais l'important est d'en comprendre la signification. Un même événement a une durée différente selon que celui qui la mesure est au repos ou en mouvement par rapport à lui. Dans le premier cas, la durée correspond à ce que l'on appelle le *temps propre,* dans le second un *temps impropre* ; le second, comme le montre la dernière équation, est toujours plus grand que le premier. Je vais de Lille à Marseille en avion, combien dure mon voyage ? Je peux répondre soit en regardant ma montre au départ et à l'arrivée, soit en regardant les horloges des aéroports. Même en admettant que toutes ces horloges sont rigoureusement synchrones, qu'il n'y a pas la moindre erreur de lecture, ces deux méthodes ne donnent pas le même résultat. Ma montre est au repos par rapport à l'événement mesuré, mon voyage ; elle donne un temps propre ; les horloges des aéroports sont en mouvement par rapport à l'événement (ou l'événement par rapport à elles, ce qui est équivalent), elles donnent un temps impropre, plus long.

La différence est cependant bien faible. Même avec un Concorde volant en moyenne à 2 000 km/h sur les 1 000 km du parcours, on obtient t = 30 minutes et t' = 30,00000000006 minutes. On comprend qu'aucune différence n'apparaisse dans la vie courante entre temps propre et temps impropre. Mais il n'en est plus de même lorsqu'on observe des objets qui se déplacent à des vitesses proches de celle de la lumière, c ; dans ce cas, seule la conception du temps proposée par Einstein permet de rendre compte de la réalité.

Nous avions pris l'habitude de considérer l'écoulement du temps comme celui d'un fleuve insensible aux objets qu'il charrie. Cette vision est fausse, le temps s'écoule moins rapidement pour une horloge qui se déplace que pour celle qui reste immobile. Ce résultat est si contraire à notre intuition qu'il a été utilisé comme argument contre la théorie de la relativité en développant le « paradoxe des jumeaux » : par définition ils ont le même âge, mais si l'un des deux va faire un long voyage, à son retour il est plus jeune que le sédentaire, son horloge intérieure a tourné moins vite. Bien sûr, ce n'est pas vraiment là un moyen de retarder le vieillissement, mais cette « expérience de pensée » est un bon moyen de lutter contre nos idées reçues sur ce qu'est cette mystérieuse « chose », le temps.

Notons qu'Einstein n'a pas borné là son œuvre de remise en cause du temps ; il a montré que les horloges retardent auprès des objets ayant une masse importante : si vous approchez du Soleil, votre montre retardera. Mais il vaut mieux attendre l'université pour pénétrer dans cette théorie dite de la « relativité générale ».

Entre le vrai et le faux, l'indécidable

L'arithmétique est un domaine où semble régner la rigueur, la certitude. Dès qu'il s'agit de nombres, chacun se croit sur un terrain ferme où les affirmations que l'on peut proposer sont soit exactes, soit fausses. Compte tenu de la règle admise pour additionner les nombres, il est certain que l'affirmation « 2 + 2 = 4 » est vraie, l'affirmation « 2 + 2 = 6 » est fausse. Ce confort intellectuel est bien agréable, surtout lorsqu'on le compare au flou qui englue les discussions sans fin constatées dans d'autres disciplines.

Mais ne nous réjouissons pas trop vite ; ce confort parfois disparaît ; il en est ainsi lorsque des esprits un peu facétieux énoncent des propriétés des nombres qu'il est impossible de démontrer. Cela a été le cas jusqu'en 1996 avec un théorème énoncé en 1665 par le mathématicien Fermat ; il n'est pas possible, disait-il, de trouver trois nombres entiers tels que le cube de l'un soit égal à la somme des cubes des deux autres, et cela est vrai non seulement pour les cubes mais pour toutes les puissances supérieures à deux. Il avait, disait-il, trouvé de cette propriété des nombres une démonstration très élégante, mais la place lui manquait pour la reproduire. Durant plus de trois siècles, les mathématiciens ont cherché en vain des contre-exemples ; un seul aurait suffi pour annoncer que le théorème de Fermat était faux ; comme on n'en trouvait pas, on était persuadé qu'il était vrai ; mais comment le démontrer ? Ce n'est qu'en 1996 qu'un mathématicien anglais y est enfin parvenu. Il lui a fallu des dizaines de pages d'un raisonnement fort compliqué pour obtenir cette démonstration, qui n'est certainement pas celle que Fermat croyait avoir trouvée. En tout cas, ceux que cela inquiétait peuvent maintenir dormir sans cauchemars, Fermat avait raison, son théorème est « vrai ».

Mais nous pouvons être troublés par une autre affirmation, qui n'est toujours pas démontrée : tout nombre pair peut être décomposé en la somme de deux nombres premiers (ainsi 10 = 3 + 7, 36 = 7 + 29, 100 = 47 + 53,...). Cette propriété, qui n'a rien d'évident, a été constatée en 1742 par un mathématicien russe : Goldbach ; depuis, grâce à la puissance de calcul des ordinateurs, on a pu la vérifier jusqu'à des nombres très élevés, mais aucune démonstration générale n'a pu en être donnée. Peut-être est-elle « indécidable ».

Ce concept d'indécidabilité a été développé en 1932 sous la forme du « théorème de Gödel », énonçant que dans toute théorie, et notamment l'arithmétique, il existe des affirmations que l'on ne peut ni démontrer ni infirmer. Autrement dit, entre les deux catégories du « vrai » et du « faux » s'intercale la catégorie de l'« indécidable », qui est souvent le domaine le plus fécond.

Un bel exemple de proposition indécidable est l'existence d'infinis intermédiaires entre Aleph 0 et Aleph 1. Cantor, qui est, nous l'avons vu, à l'origine de la découverte des divers niveaux d'infinitude, avait fait l'hypothèse qu'il n'y avait pas d'infinis qui soient à la fois plus riches que celui des nombres entiers (Aleph 0) et moins riches que celui des points sur une droite (Aleph 1) ; mais il n'avait pu en apporter la preuve. Gödel a montré en 1938 que cette hypothèse est cohérente avec les axiomes qui fondent l'arithmétique ; un de ses élèves, Paul Cohen, a, lui, montré en 1963 que la négation de cette hypothèse est tout aussi cohérente avec ces axiomes. Impossible donc d'affirmer quoi que ce soit à ce propos.

N'est-on pas tenté ici de reprendre à son compte le cri du bourgeois gentilhomme découvrant sur le tard les beautés de la philosophie : « Mon père, ma mère, que je vous veux de mal ! » ?

LES GRANDS DÉBATS

L'entraînement est un plaisir quotidien de l'athlète, mais son objectif à long terme est de le mettre en condition d'affronter la compétition, de dépasser ses propres records, de réussir un exploit. Les exercices de mise en forme intellectuelle sont en eux-mêmes une source de plaisir, tant il est agréable de se sentir maître de cette prodigieuse machine qu'est le cerveau, mais leur finalité est de nous permettre de participer aux débats dont dépend l'organisation de la cité. Chaque jour, nous sommes confrontés à des idées reçues qui ne correspondent à aucune réalité, qui ne sont que le prolongement de vieux fantasmes, et qui entraînent des dégâts humains dramatiques. Notre devoir est de lutter contre ces sottises présentées comme des évidences. Mais il ne suffit pas d'opposer à une affirmation l'affirmation inverse ; il faut, pour convaincre, proposer des arguments. La science, fournisseur de lucidité, peut être décisive pour faire triompher la vérité.

Dans la lutte contre l'infâme racisme, contre l'acceptation des inégalités, contre la soumission à un destin préfabriqué, contre l'utilisation néfaste de techniques nouvelles, la rigueur scientifique est un outil indispensable qu'il faut mettre entre toutes les mains le plus tôt possible.

RACE ET RACISME

Quel que soit l'auditoire, CM2 ou terminales, québécois, brésilien ou français, la question est systématiquement posée : qu'est-ce qu'une race ? que penser du racisme ? C'est là le type même du débat qui ne peut progresser que grâce aux apports de la science, mais une science dont, à vrai dire, l'abord est fort difficile, car elle ne fait appel qu'au raisonnement sans disposer d'évidences immédiates apportant directement la preuve des conclusions. Tout au contraire, les faits visibles semblent à l'opposé des affirmations du scientifique. S'il n'y prend garde, celui-ci apparaît facilement comme au service de son idéologie, et non au service de la vérité. Il en a été ainsi, il y a quelques siècles, pour ceux qui soutenaient que la Terre tournait autour du Soleil et sur elle-même, alors que, si nous nous contentons de « croire nos yeux », il est clair que la Terre est fixe et que la sphère céleste tourne autour d'elle. Ce n'est pas le Vatican mais Galilée qui passait pour un « idéologue ».

Un effort pédagogique est donc nécessaire. Son cheminement ne peut être que laborieux, d'autant qu'à propos de la classification des populations humaines en races distinctes la pensée scientifique s'est souvent fourvoyée. Ce n'est que très récemment, il y a moins d'un demi-siècle, que les termes du problème ont été correctement posés. Essayons d'esquisser ce cheminement.

Le concept de race est-il un concept scientifique ?

La réponse est évidemment : oui. Ce concept s'introduit lorsque nous essayons de classer en catégories plus ou moins homogènes les êtres vivants dont la diversité semble au départ défier la compréhension. L'unité de classement la plus claire est l'*espèce*, avec une définition fondée sur un critère simple : appartiennent à la même espèce deux individus de sexes différents s'ils peuvent procréer une descendance féconde, deux individus de même sexe s'ils peuvent procréer avec un même individu de l'autre sexe. La restriction d'une descendance féconde permet de mettre, par exemple, dans deux espèces différentes les chevaux et les ânes dont le croisement est fécond, mais dont la descendance (les mulets et les bardots) est stérile.

Les espèces sont si nombreuses que les spécialistes, les taxonomistes, les ont regroupées en catégories plus larges s'emboîtant, comme des poupées russes, les unes dans les autres : d'abord le *genre*, par exemple le genre des primates qui regroupe toutes les espèces capables de vivre dans les arbres, puis l'*ordre*, regroupant plusieurs genres, par exemple celui des carnivores, puis la *classe*, par exemple celle des mammifères, enfin le *règne*, animal ou végétal. Proposée au XVIIIe siècle par Linné, cette classification rassemblait alors cinq mille deux cent cinquante espèces animales et quatre mille deux cent trente-cinq espèces végétales. Depuis, ces nombres ont explosé et dépassent plusieurs millions pour les espèces vivantes, sans compter les espèces disparues dont on retrouve les vestiges. Pour tenir compte de cette multiplication, il a fallu ajouter deux niveaux à la classification : l'*embranchement* entre le règne et la classe, la *famille* entre l'ordre et le genre. L'ensemble des espèces est ainsi représenté par un magnifique arbre de classement comportant sept niveaux de l'espèce au règne.

Mais chaque espèce comporte en général un si grand nombre d'individus, et ils sont de toute évidence si différents, qu'il est naturel de chercher à définir une catégorie plus fine, une sous-catégorie, une « sous-espèce ». Cette sous-catégorie est appelée la *race*. Ce cheminement classificatoire est un procédé classique de la science ; rien de suspect ne peut y être trouvé. Reste à mettre au point les procédés permettant d'analyser une espèce en plusieurs races distinctes et de préciser les critères permettant d'affecter chaque individu à une race.

Pour faire ce travail, les naturalistes des siècles passés ne pouvaient tenir compte que des traits apparents, la forme, la couleur, le comportement. Mais ces traits évoluent de façon continue d'un animal ou d'une plante à l'autre. Où placer la frontière entre une race et la race voisine ?

Les discussions entre spécialistes étaient vives, mais il était admis qu'elles devaient finir par converger vers « la vérité » ; la toile de fond de ces recherches était en effet une vision fixiste du monde vivant : depuis leur apparition lors de la création, les animaux et les végétaux s'étaient reproduits à l'identique, de génération en génération ; il s'agissait de comprendre la structure de ce monde vivant tel que l'avait imaginé et mis en place le Créateur.

L'acceptation de la thèse évolutionniste si bien argumentée par Darwin au milieu du XIXe siècle a pour conséquence que cette supposée « vérité » n'existe tout simplement pas. La transformation et la diversification des espèces au long de leur histoire ont entraîné une modification des frontières entre races ; celles-ci sont nécessairement floues et variables d'une époque à l'autre. Leur définition ne correspond plus à une réalité objective, préexistant au travail de recherche, mais à la mise en place d'un catalogue éventuellement pratique, mais obligatoirement arbitraire. Ce travail a d'ailleurs surtout été effectué à propos des animaux dont les éleveurs s'efforçaient de modifier les caractéristiques, que ce soient les chiens, les chevaux ou les bovins. Tout naturellement, ce sont les caractéristiques jugées importantes par ces éleveurs qui ont été principalement prises en compte pour délimiter les diverses races. Pour de telles espèces, cette tentative de classement aboutit à un résultat certes arbitraire, mais sur lequel un large consensus est en général obtenu.

Pour le naturaliste, l'utilisation du concept de race est donc parfaitement justifiée.

Y a-t-il des races humaines ?

La réponse est a priori : oui. Aucun tabou ne doit entraver la recherche de la réalité, en particulier lorsqu'il s'agit de préciser ce que sont les êtres humains. Face à la diversité des membres de notre espèce, comme face aux membres des espèces canines ou chevalines, il est naturel de chercher à les classer en ensembles aussi homogènes que possible et de définir ces ensembles comme des races. Mais n'oublions pas que c'est naturellement dans une optique fixiste (et l'accent n'est pas suffisamment mis sur ce présupposé) que les réflexions ont été initialement menées pour définir les races dans l'espèce humaine. Cette vision était encouragée par une interprétation assez étrange de la Bible faisant descendre chacune des trois grandes « races », Noirs, Blancs, Jaunes, de l'un des enfants de Noé, Cham, Sem et Japhet, du couple initial.

L'acceptation de la thèse évolutionniste, maintenant aussi solidement prouvée que le mouvement des planètes, contraint à une révision fondamentale. Mais surtout la compréhension du processus de la transmission entre géniteurs et engendrés a totalement bouleversé la nature même du problème posé.

Cette compréhension a été obtenue en deux étapes, séparées par près d'un siècle. En 1865, par ses découvertes, Mendel a résolu le paradoxe jusqu'alors inexpliqué de la double source des individus appartenant aux espèces sexuées. En 1953, la découverte de l'ADN a permis de définir le support des informations transmises des géniteurs à l'engendré. Tout ce qui avait été auparavant admis à propos des races doit donc être remis en cause.

Mendel montre que les procréateurs ne transmettent pas leurs caractéristiques, mais une part (la moitié) des informations qui gouvernent en eux ces caractéristiques. Le lien causal entre la couleur des yeux du père et la couleur des yeux de l'enfant n'est pas direct ; il passe par l'intermédiaire d'un support d'information que nous appelons maintenant le gène. De plus, chez l'enfant comme chez le père, la couleur manifestée dépend de l'interaction entre les deux gènes reçus l'un du père, l'autre de la mère. Cette interaction peut être telle que l'enfant de deux parents aux yeux foncés peut fort bien avoir les yeux clairs.

Cette révolution conceptuelle à propos du processus individuel de la procréation a des conséquences pour le processus collectif qui assure la succession des générations, et donc pour la définition d'une race. Celle-ci ne peut pas être définie sans faire intervenir la durée ; elle n'a de réalité que si elle se perpétue. Ce n'est donc pas à partir des traits apparents que l'on peut valablement préciser le profil d'une race, mais à partir de ce qui est transmis d'une génération à la suivante, c'est-à-dire le patrimoine collectif des gènes gouvernant ces traits. Une discipline spécifique, la génétique des populations, s'est développée en vue de préciser les transformations de ce patrimoine en fonction des comportements procréateurs adoptés et des contraintes subies. Cette discipline est également désignée comme génétique mathématique, en raison du rôle qu'y jouent les équations. C'est elle qui permet de valablement raisonner pour parvenir à une définition réaliste des races.

Par quelle méthode définir les races ?

Affirmer que deux populations, de végétaux, d'animaux ou d'hommes, appartiennent à une même race ne peut résulter de la simple observation des traits manifestés ; il faut comparer les contenus de leurs patrimoines génétiques. La problématique se résume ainsi : une race est un ensemble de populations dont les patrimoines génétiques ont des structures semblables et nettement différentes des structures des populations considérées comme appartenant à d'autres races.

Le classement en races admis pour diverses espèces animales devrait donc être systématiquement revu en fonction de ce nouveau critère. Mais les conséquences d'un classement erroné ne sont pas telles qu'il y ait urgence. Il n'en est pas de même pour l'espèce humaine. L'appartenance à tel groupe supposé constituer une race différente des autres a été pour des millions d'hommes la cause d'un destin dramatique. Trop d'affirmations péremptoires ont servi de justification à des politiques d'asservissement et de mépris. Il est nécessaire de savoir avec précision de quoi l'on parle. Les scientifiques qui ont si bien su définir les diverses races chevalines doivent utiliser leurs techniques pour obtenir une définition des races humaines.

Ils disposent, pour atteindre cet objectif, de la deuxième révolution conceptuelle, celle qui, en 1953, nous a appris en quoi consistaient concrètement les fameux gènes. Les moyens de la biochimie nous permettent désormais de les identifier, donc de tracer un profil génétique des diverses populations.

Un des constats les plus importants a été de découvrir la présence de la plupart des gènes dans presque toutes les populations humaines. Seuls quelques gènes, résultant sans doute de mutations récentes, sont spécifiques de telle ou telle population. Ce qui permet de distinguer une population d'une autre, lorsque l'on compare leurs patrimoines génétiques, n'est donc pas la présence ou l'absence d'un gène, mais la différence entre leurs fréquences. Ainsi, pour le système sanguin ABO, les gènes A, B et O sont tous trois présents dans toutes les populations européennes, asiatiques ou africaines (seules certaines tribus indiennes d'Amérique sont dépourvues de A ou, plus rarement, de A et de B). Mais la fréquence du gène B, très élevée en Asie centrale, où elle atteint 30 p. 100, diminue d'est en ouest ; de près de 20 p. 100 en Russie, elle n'est que de 15 p. 100 en Allemagne et moins de 10 p. 100 en France.

On peut, à partir de ces statistiques, dresser des cartes semblables à celles des météorologistes où les fréquences géniques se substituent aux pressions atmosphériques.

La définition des races humaines n'est plus alors qu'une affaire de calcul. Il suffit de comparer, pour tous les gènes connus, les fréquences dans les populations X et Y ; de calculer une « distance génétique » entre elles en faisant la synthèse de toutes les différences (à la façon d'un géomètre utilisant le théorème de Pythagore pour calculer la distance entre deux points à partir des différences de leurs coordonnées) ; puis d'affecter à une même race les populations séparées par une petite distance génétique, à deux races distinctes celles dont la distance est grande.

La biologie nous permet donc non seulement de définir avec clarté la notion de race, mais nous apporte le moyen de tracer les frontières entre elles.

Combien de races humaines peut-on ainsi définir ?

Le résultat de tous ces efforts peut paraître décevant : il se révèle impossible de classer les différentes populations humaines en races, à moins de décider arbitrairement leurs affectations, ce qui prive la conclusion de tout lien avec la réalité. Selon le niveau de précision que l'on cherche à respecter, on peut finalement énoncer soit qu'il n'y a pas de races dans notre espèce, soit qu'il n'y en a qu'une : l'humanité, soit qu'il y en a autant que d'humains, soit que « le concept de race n'est pas opérationnel pour notre espèce ». La conséquence la plus claire, qui n'est pas sans conséquence pour l'organisation de nos sociétés, est que tout raisonnement faisant référence à des races humaines est dépourvu de base scientifique.

Cela ne signifie nullement que toutes les populations humaines sont semblables. Mais les différences entre elles ne permettent pas de tracer des frontières qui auraient un sens objectif, ni d'affecter sans ambiguïté chaque population à « sa » race.

Cette impossibilité vient de ce que les écarts les plus importants sont constatés entre populations voisines, et non entre les grands groupes habituellement considérés comme des « races », les Noirs, les Jaunes et les Blancs. Si l'on représente par le nombre 100 la distance moyenne entre les diverses populations de la Terre, la distance moyenne entre populations d'une même « race » est de 92, et entre populations d'une même nation de 85. Moi qui suis né de parents français, je suis donc en moyenne plus proche de 7 p. 100 d'un Français que d'un Blanc non français, et de 8 p. 100 d'un Blanc que d'un homme d'une autre couleur. Ce n'est pas insignifiant, mais très insuffisant pour fonder une classification, car ces moyennes s'accompagnent d'une grande dispersion : nombreux sont les hommes nés au loin qui sont génétiquement plus proches de moi qu'un Français.

Ce constat, en fait, n'est pas une surprise, car les résultats théoriques de la génétique des populations permettaient de le prévoir. On peut montrer que sous l'effet des pressions sélectives, ou par pur hasard, le patrimoine génétique d'une collectivité peut certes se différencier peu à peu de celui des autres groupes de la même espèce, et aboutir finalement à des écarts tels qu'elle pourra être considérée comme une race distincte. Mais ce processus est extrêmement lent. Cette « raciation » nécessite un nombre de générations du même ordre de grandeur que l'effectif du groupe.

Devant un public d'une centaine de lycéens, je propose que nous partions tous ensemble sur une île déserte. Là, le plus important de nos actes porteurs d'avenir biologique sera la procréation. Le patrimoine que nous transmettrons à nos enfants sera, en raison de l'aléatoire qui intervient dans cet événement, légèrement différent de celui que nous avons reçu ; un nouvel écart se produira pour nos petits-enfants. Ainsi, de génération en génération, la fréquence des gènes B dans la population de l'île pourra augmenter jusqu'à éliminer les gènes A et O, ou diminuer jusqu'à la disparition de ce gène (c'est ce qui s'est produit dans les tribus indiennes qui sont venues en Amérique par le détroit de Béring, il y a quelque quinze mille ans, puis se sont éparpillées sur cet immense territoire). Comme il en sera de même pour tous les gènes, notre groupe finira bien par se différencier du reste de l'humanité, donc par représenter une race différente ; il faudra pour cela une bonne centaine de générations, soit plus de vingt-cinq siècles. Et surtout, durant cette période, il faudra que l'isolement soit total. Il suffira de quelques arrivées d'individus venant du continent et nous apportant leurs gènes pour que cette différenciation soit différée.

Il se trouve qu'aucun des groupes formant aujourd'hui l'humanité n'a connu un isolement suffisamment long et rigoureux pour représenter une véritable race. Étant donné la multiplication des échanges, la facilité des voyages, il est probable que ce constat restera longtemps valable.

Comment alors être raciste ?

Puisque le concept de race ne recouvre, pour notre espèce, aucune réalité, il est clair qu'être raciste, c'est-à-dire porter un jugement sur un individu en fonction de son appartenance à une race, est totalement dépourvu de sens. Les généticiens apportant cette évidence ont cru naïvement qu'ils contribuaient à éradiquer cette véritable lèpre de nos sociétés. L'expérience montre que leur belle démonstration n'a guère changé les états d'esprit. En 1997, on a pu entendre « la » maire d'une petite ville près de Marseille déclarer que « tout homme raisonnable peut constater que les races existent et qu'elles sont inégales » ; nombreux ont été les Français qui se sont crus raisonnables en approuvant cette énormité. Le combat contre l'obscurantisme n'est donc pas gagné.

En réalité, malgré la ressemblance des mots, le racisme n'a rien à voir avec l'existence ou non de races. Le racisme doit être compris comme la prétention d'avoir le droit de mépriser un individu en raison de son appartenance à une collectivité. Il s'exprime par l'affirmation : « Tous les... sont des... » Il peut s'agir des Bretons, des Juifs ou des Kabyles, qui sont tous têtus, paresseux ou voleurs ; le raciste ne s'embarrasse pas de nuances et attribue à tout un ensemble des qualités, et surtout des défauts, qui ne sont définissables que pour des individus. Nous sommes là devant une pensée pré-logique qui ne mériterait guère l'attention si elle n'aboutissait aux abominations que l'on sait.

Pour s'y opposer, il est moins nécessaire d'argumenter à propos du mot « race » qu'à propos du besoin profond que manifeste cette attitude, le besoin de mépriser. Ce besoin ne peut venir que d'une peur que l'on n'ose pas s'avouer, la peur de l'autre, provoquée par un sentiment d'infériorité face à lui. Finalement, ce qu'avoue le raciste en s'en prenant à « tous les... », c'est sa crainte de ne pouvoir soutenir la comparaison avec l'autre. Cette crainte apparaît à l'évidence chez les hommes qui tremblent à l'idée que ces « autres » ne viennent leur prendre leurs femmes, et qui développent des fantasmes insupportables à propos de leurs performances sexuelles supposées.

Paradoxalement, il faut faire comprendre au raciste que ces craintes sont sans objet, car lui-même vaut mieux qu'il ne l'imagine !

La science est « l'outil qui permet d'approcher le réel, d'apprendre la fécondité du questionnement, [...] de susciter l'argumentation et l'échange des idées [1][...] ». Le dialogue avec des jeunes à propos des races et du racisme est un magnifique exemple de ce rôle de l'activité scientifique. Mais il met en évidence la difficulté de cette communication.

Il peut suffire de « mettre la main à la pâte » pour faire comprendre à un enfant cette propriété mystérieuse de l'eau — sa température refuse de dépasser 100° —, ou cette caractéristique tout aussi merveilleuse de la chute des corps — la vitesse de chute n'est pas constante, comme le croyait Aristote et comme chacun le répétait à sa suite, mais uniformément accélérée, comme l'a démontré Galilée vingt siècles plus tard. Il est moins aisé de faire « saisir du doigt » cette réalité qu'est la proximité génétique des diverses collectivités humaines. Une réflexion personnelle abstraite est nécessaire, un chemin comportant plusieurs étapes doit être parcouru.

1. Georges Charpak, *La Main à la pâte*, Flammarion, 1996.

L'évocation du racisme est aussi l'occasion d'une réflexion que les élèves ont rarement entendue, même en terminale : le piège logique de l'opposition entre « égalité » et « hiérarchie ». Lorsque deux nombres ne sont pas égaux, il est vrai que l'un est supérieur à l'autre, une hiérarchie existe entre eux. Mais lorsque deux ensembles ne sont pas égaux, on peut affirmer qu'ils sont différents, mais affirmer que l'un est supérieur à l'autre nécessite de caractériser chacun par un seul nombre.

Comparons les ensembles $A = \{2, 6\}$ et $B = \{4, 8\}$; ils ne sont pas égaux puisqu'ils ne comportent pas les mêmes éléments ; lequel est supérieur à l'autre ? On peut être tenté de répondre $B > A$, car les nombres de B sont supérieurs à ceux de A, mais cela revient à faire l'hypothèse implicite que la caractéristique essentielle de chaque ensemble est la somme de ses éléments. Si l'on admet au contraire que ce qui importe est le rapport du plus grand des nombres de chaque ensemble au plus petit, ce rapport est 3 pour A, 2 pour B et l'on en conclut que $A > B$. Cette évidence doit être rappelée : la non-égalité n'implique la hiérarchie que pour les nombres, pas pour les ensembles. La phrase de madame la maire évoquée précédemment faisait donc bien partie d'un discours pré-logique.

INTELLIGENCE ET QI

L'interrogation qui torture la plupart des jeunes ne concerne pas vraiment la structure de l'univers, ou celle de la société. Ce sont des sujets dont ils remettent volontiers l'examen à plus tard. Plus obsédante est l'interrogation dont ils sont eux-mêmes l'objet : qui suis-je ? que suis-je pour ceux qui m'entourent ? Comment les autres me voient-ils ? Pour obtenir des bribes de réponse, ils s'efforcent de décrypter les réactions des parents, des camarades, des maîtres. Ils posent mille questions sur les sujets les plus divers. La réponse en fait ne les intéresse guère ; ces questions ne sont qu'un moyen détourné de découvrir quel regard l'interlocuteur porte sur eux. Pour l'autre, suis-je beau ? Suis-je intelligent ?

Pour la beauté, il est toujours possible de se référer au miroir ; son message est rarement enthousiasmant, mais, l'âge avançant, l'on apprend à se satisfaire de son verdict. Pour l'intelligence, il n'est pas d'autre miroir que l'école. Son message est souvent décourageant. La réflexion personnelle à ce propos est d'autant plus difficile que ce domaine est encombré de mille idées reçues et le plus souvent éloignées de toute réalité. Pour tenter d'y voir clair, la rigueur qu'apporte la science est une fois de plus nécessaire. Cependant, là encore, elle ne peut proposer que des faits assez éloignés de l'interrogation ; le chemin est long entre les données objectives et les réponses à l'interrogation initiale, d'ailleurs mal formulée. « Suis-je intelligent ? » attire comme réponse une autre question : « Qu'est-ce que l'intelligence ? » Essayons d'apporter quelques éléments d'information et de réflexion pour avancer dans ce débat.

L'école et les « dons »

À l'école, il est constamment question d'intelligence, sans que jamais le contenu de ce mot ait été précisé. Implicitement l'intelligence est considérée comme une caractéristique mesurable, un peu comme la taille et le poids, la mesure étant la réussite scolaire. Et, comme toute mesure permet de classer selon une hiérarchie allant des inférieurs aux supérieurs, tout se passe comme si les élèves étaient répartis selon une échelle de valeurs. Une étiquette est ainsi attachée à chacun.

En fait, l'intelligence est un ensemble de caractéristiques, ce qui rend vaine toute tentative de hiérarchisation. L'ordinateur qui a battu Kasparov aux échecs est-il plus intelligent que celui-ci ? Oui, si la seule performance considérée est le succès à ce jeu ; non, si l'on tient compte également d'une autre caractéristique, par exemple l'émotivité : Kasparov était triste d'avoir perdu, l'ordinateur ne ressentait aucune joie d'avoir gagné.

Étrangement, la plupart des jeunes acceptent de se soumettre au verdict de leurs résultats scolaires. Ils constatent comme une évidence objective qu'ils « ne sont pas faits pour les maths », ou qu'ils « sont plus manuels qu'intellectuels », et posent la question : « La science est-elle accessible à tous ? », comme si les scientifiques étaient des individus dotés par la nature de dons réservés à une élite. L'essentiel du débat tient dans ce mot, les « dons ». Tout se ligue pour faire croire que l'intelligence est l'équivalent d'un cadeau que chacun reçoit, et qui est très inégalement réparti par la loterie de l'hérédité.

Le trop célèbre quotient intellectuel a une grande part de responsabilité dans la diffusion de l'idée absurde d'un potentiel d'intelligence mesurable et définitif. Prétendant représenter par un nombre unique cette réalité multiforme, il ne peut que la trahir. Nous l'avons vu, la compréhension des processus par lesquels se construit le support matériel de l'activité intellectuelle, le système nerveux central, contraint à rejeter cette vision fataliste. L'intervention de cheminements aléatoires au cours de cette construction rend l'aboutissement imprévisible, ce qui permet à chacun d'être le principal artisan de la mise en place de cet outil qu'est le cerveau. Cette affirmation peut être démontrée en comparant des individus ayant le même patrimoine génétique, les « vrais jumeaux ».

Aléatoire et identité génétique

On sait en effet que parmi les jumeaux, enfants nés au cours du même accouchement, environ les deux tiers résultent du développement de deux ovules différents complétés par des spermatozoïdes distincts. Ces faux jumeaux n'ont pas plus de communauté génétique que deux frères ou deux sœurs ; ils peuvent d'ailleurs être de sexes différents. Pour le dernier tiers, il s'agit au contraire de deux organismes développés à partir d'un même ovule complété par un même spermatozoïde. Ils sont véritablement deux exemplaires d'une même entité génétique. On est tenté d'en conclure que les traits qui sont identiques chez l'un et chez l'autre sont gouvernés principalement par leurs gènes, ceux pour lesquels ils diffèrent gouvernés principalement par leur vécu.

La réalité n'est pas si facile à interpréter car, nés en même temps d'une même mère, ces jumeaux se sont développés dès leur conception dans un milieu commun ; la seule différence (elle n'est pas insignifiante) est l'ordre dans lequel ils sont sortis. Cette identité du début de leur aventure suivie, dans la plupart des cas, de l'identité du milieu familial peut, tout autant que l'identité de leurs gènes, être la cause de leur ressemblance. La seule façon de distinguer ces deux apports est de comparer des vrais jumeaux élevés séparément dans des familles aussi différentes que possible. Encore faut-il les trouver ; il n'est pas fréquent que de tels enfants soient accueillis l'un par un couple de banquiers parisiens, l'autre par une famille pauvre de la campagne. La recherche de ces oiseaux rares a mobilisé l'activité de nombreux psychologues. La difficulté de leur tâche est illustrée par la supercherie dont l'un d'entre eux s'est rendu coupable.

À partir des années 1930, le maître incontesté de

la psychologie des enfants en Grande-Bretagne a été Cyril Burt ; ses travaux étaient si appréciés qu'il fut même anobli. Son principal titre de gloire était d'avoir trouvé, avec l'aide des deux collaboratrices qui cosignaient certains de ses articles, cinquante-trois paires de jumeaux séparés avant l'âge de six mois et adoptés par des familles ayant des statuts sociaux très différents. À grand renfort de mathématiques, il concluait de ses observations que l'activité intellectuelle des enfants et des adolescents était pour l'essentiel le résultat de l'action de leurs gènes. Ses articles constituent la source principale des affirmations péremptoires du style : « l'intelligence est pour 80 p. 100 génétique », ou de la référence aux « gènes de l'intelligence » qui conduit presque immanquablement au concept de « surdoué ». Après sa mort en 1971, à l'âge de quatre-vingts ans, quelques-uns de ses collègues ont cherché à comprendre comment il avait pu rassembler tant de données. Ils ont alors constaté que la plupart de celles-ci avaient été tout simplement inventées ; il avait imaginé des observations correspondant au pourcentage de 80 p. 100 en faveur de l'inné, qu'il estimait a priori être le bon résultat. Quant à ses deux collaboratrices, qui publiaient parfois des articles à la gloire de leur patron, elles n'ont jamais existé et n'étaient qu'un camouflage de Burt lui-même.

Cette aventure montre notamment le pouvoir des idées reçues et des théories considérées comme justifiant l'état de la société dans la diffusion d'une hypothèse. Notre société inscrit le mot « Égalité » sur les frontons des mairies, mais elle accepte simultanément des inégalités insupportables dans le sort réservé à chacun. Cette incohérence pose problème. La bonne conscience serait retrouvée si ces inégalités étaient des fatalités, des contraintes imposées par la nature. Les résultats de sir Cyril Burt justifiaient l'existence en Grande-Bretagne de plusieurs types d'écoles, les unes, les Grammar Schools, réservées aux enfants des classes populaires, d'autres, d'un bien meilleur niveau, accueillant les enfants des familles aisées. Ses observations attribuaient ces inégalités aux gènes, ce qui exonérait la société de toute responsabilité. Les psychologues s'appuyant sur les données de Burt étaient de bonne foi ; mais l'attitude critique qu'ils auraient dû avoir face à elles a été d'autant plus facilement prise en défaut qu'elles éliminaient une question agaçante.

D'autres enquêtes sur les jumeaux, respectant la rigueur nécessaire, sont en cours ; mais la difficulté de trouver des sujets correspondant aux critères voulus est si grande qu'un rythme de dix paires de jumeaux examinés chaque année ne peut guère être dépassé ; des conclusions sérieusement fondées ne pourront pas en être tirées avant plusieurs années. Ce n'est pas réellement dans cette voie que pourra être précisé le rôle de l'aléatoire dans la réalisation du système nerveux central.

Cet aléatoire ne signifie pas que les grands traits de l'architecture du cerveau ne soient pas définis par les gènes. Ceux-ci précisent le rôle des diverses zones, affectées les unes au toucher, d'autres à l'olfaction, les unes à la commande des mains, d'autres à celle des pieds. Mais il ne peut spécifier la fonction de chaque neurone. Ce constat est parfois interprété comme signifiant que le « hasard » intervient, mot qui camoufle notre incapacité à saisir dans leur totalité les causes qui s'enchevêtrent. Il n'implique pas, pour autant, la passivité ou une démission fataliste devant les transformations qui se produisent et que nous ne savons pas expliquer. Au contraire, en mettant en évidence les limites des mécanismes à l'œuvre, il permet de mieux définir, tout en restant réalistes, les interventions possibles. L'important, pour chaque caractéristique du fonctionnement intellectuel, est de dégager les influences prépondérantes. Un exemple est fourni par la localisation dans tel ou tel hémisphère cérébral du traitement des sons.

Consonnes et voyelles

Depuis longtemps, les lésions constatées chez certains malades ont permis de localiser dans l'hémisphère gauche les activités neuronales liées au langage. Plus généralement, cet hémisphère est responsable de la pensée logique, tandis que le droit est lié aux fonctions non verbales. Un chercheur japonais, Tadanobu Tsunoda, a imaginé un dispositif permettant de déceler si un son défini est traité par tel ou tel hémisphère. Il a constaté chez ses compatriotes que tous les sons du langage, voyelles comme consonnes, étaient traités par le gauche, alors que les sons mécaniques l'étaient par le droit. Mais, lorsqu'il soumit à son test des étrangers, qu'ils aient été français, chinois ou américains, le constat était différent : pour eux, seuls les sons consonnes sont traités à gauche, les voyelles le sont à droite, dans le même hémisphère que pour les sons mécaniques.

La première hypothèse a été que les Japonais possèdent un gène spécifique responsable de cette localisation qui les distingue du reste des humains (à la seule exception connue d'une tribu polynésienne). Mais l'examen d'enfants japonais élevés par des étrangers, et de quelques enfants étrangers élevés par des Japonais, a montré qu'en réalité cette localisation est acquise ; elle dépend de la langue entendue au cours des premières années. Or, la langue japonaise est de loin celle qui fait la place la plus large aux voyelles : nombreux sont les mots de structure voyelle-consonne-voyelle (VCV), alors que dans les langues occidentales la structure CVC est la plus fréquente.

La structure de la langue influence donc la façon dont notre cerveau réagit face à l'ensemble des bruits entendus dans la nature. Le bruissement du vent, le clapotis de l'eau, le gazouillis des oiseaux ont une structure sonore semblable à celle des voyelles ; ils sont traités par les Japonais dans leur hémisphère gauche, par les autres peuples dans le droit ; ces sons ont, dans notre expérience vécue, été liés à des émotions. C'est finalement le lien entre le développement intellectuel et l'affectivité qui est modulé par la langue maternelle.

Il ne s'agit là que d'un domaine bien limité de l'activité intellectuelle, mais cet exemple éclaire la difficulté des problèmes concernant l'inné et l'acquis. Certes, les aires cérébrales liées au langage sont définies par le patrimoine génétique ; elles sont « innées ». Mais leur affectation précise à telle ou telle caractéristique de ce langage est acquise.

Or cette affectation peut, si les observations de Tsunoda sont confirmées, conditionner de multiples aspects de notre personnalité.

L'unidimensionnalisation et les effets du QI

Ces aspects sont si multiples, si divers, qu'ils déjouent notre capacité de classement et surtout de hiérarchisation, et ne satisfont guère notre désir de confort intellectuel. Celui-ci réclame des jugements simples face à la diversité du réel. La meilleure façon de le satisfaire est d'« unidimensionnaliser » les caractéristiques évoquées. Ce qui est parfois très efficace. Imaginons que nous nous trouvions face à des objets dont nous connaissons deux caractéristiques, le poids et le volume, et que nous ayons à les classer selon un critère unique : sont-ils ou non capables de flotter sur l'eau. Ni le poids ni le volume ne permettent à eux seuls de répondre ; un objet lourd peut fort bien flotter mieux qu'un objet léger. La réflexion et l'expérience nous apprennent que le paramètre à considérer est la densité, obtenue en divisant le poids par le volume. Nous disposons alors d'une mesure unique qui permet de classer. Nous « unidimensionnalisons » pour être efficaces.

Cette voie est donc légitime ; encore faut-il bien définir la caractéristique unique retenue et proposer un moyen permettant de la mesurer.

Face à un enfant, il est tentant de résumer en un seul mot l'ensemble des constats que nous faisons sur sa capacité à réfléchir, à être attentif, à mémoriser, à imaginer, à comprendre, à innover... Ce mot constamment utilisé, c'est « intelligence ».

Conscients du flou de ce terme, les spécialistes de la discipline qui s'intéresse à ce domaine ont cherché à le remplacer par un paramètre unique et mesurable, le célèbre quotient intellectuel, ou QI. Cette démarche d'unidimensionnalisation est parfaitement raisonnable et semblable à celles suivies dans de nombreuses disciplines ; encore faut-il être conscient de la perte d'information qu'elle suppose. Les psychologues ont mis au point avec un soin extrême des méthodes permettant de mesurer ce QI : des batteries d'épreuves, les tests, donnent des notes partielles et des procédures de globalisation aboutissent à une note finale. Comme pour toute mesure, il faut alors répondre aux questions classiques :

— Que mesure cette note ?
— Quelle est la précision de cette mesure ?
— Quelle est sa stabilité ?

Sur le premier point, force est de reconnaître qu'il n'y a guère d'autre réponse que la boutade prêtée à celui qui a le premier mis au point des tests, Alfred Binet : « Les tests mesurent l'intelligence, car j'appelle intelligence ce que mesurent les tests. » La tautologie peut paraître cynique, mais elle n'est ici que réaliste. À la limite, il vaudrait mieux annoncer que l'on mesure le QI sans chercher à mettre des mots derrière les lettres Q et I, qui ne se réfèrent réellement ni à un quotient ni à l'intelligence.

La précision de cette mesure ne peut être évaluée qu'en soumettant plusieurs fois le même sujet à des épreuves similaires. Mais le fait même de répondre à un test modifie la réaction future. On peut mesurer de nombreuses fois une pierre sans la transformer, les résultats obtenus peuvent valablement être comparés ; ce n'est pas le cas pour une personne qui devient une « spécialiste » des tests, car elle assimile la tournure d'esprit de ceux qui ont imaginé ces épreuves. Une anecdote à ce propos : il y a quelques années, un journaliste de l'hebdomadaire *Le Point* a eu l'idée de mesurer les QI de personnages connus, écrivains et scientifiques, et de publier le résultat. Les scores obtenus étaient pour beaucoup fort médiocres, sauf un champion, Cavanna, à qui on a demandé comment il avait pu atteindre le niveau 140 : « Je me suis mis dans la tête des c... qui ont inventé des questions aussi stupides. »

Les psychologues conscients de leur responsabilité ne se contentent pas d'énoncer le résultat de leurs observations. À l'image des physiciens mesurant une longueur ou un poids, ils accompagnent ce résultat d'une évaluation de la « plage de dispersion », zone à l'intérieur de laquelle le hasard des approximations peut faire varier le résultat dans 95 p. 100 des cas. Cette plage semble être de l'ordre de –/+ 10 pour les QI supérieurs à 85, –/+ 5 pour les QI inférieurs. Cela permet d'interpréter correctement l'annonce d'un QI égal, disons, à 106 : « Les mesures de QI effectuées sur cet enfant aboutiront 95 fois sur 100 à un nombre compris entre 96 et 116, 5 fois sur 100 à un nombre extérieur à cet intervalle. » Certes, une telle phrase est d'interprétation bien floue, mais elle seule exprime l'information fournie par les tests.

Les difficultés que soulève l'interrogation sur la stabilité du QI sont liées au fait que ce nombre n'a d'existence que par la mesure qui en est faite. Lorsque l'on mesure le poids d'un objet, on admet qu'il existe un vrai poids, dont la mesure est une approximation ; ce vrai poids est un nombre situé, avec une probabilité de 95 p. 100, dans l'« intervalle de confiance » obtenu. Mais le « vrai QI » n'existe pas. Tout au plus peut-on comparer les résultats obtenus au long de la scolarité d'un enfant. Des écarts importants sont souvent constatés, notamment chez les enfants souffrant au départ d'un handicap social ou culturel. Ainsi, pour les enfants immigrés, qui ont à s'adapter à une nouvelle culture, le QI s'accroît en moyenne d'environ 10 points au cours des quatre premières années de présence dans leur pays d'adoption.

L'illusion de la courbe en cloche

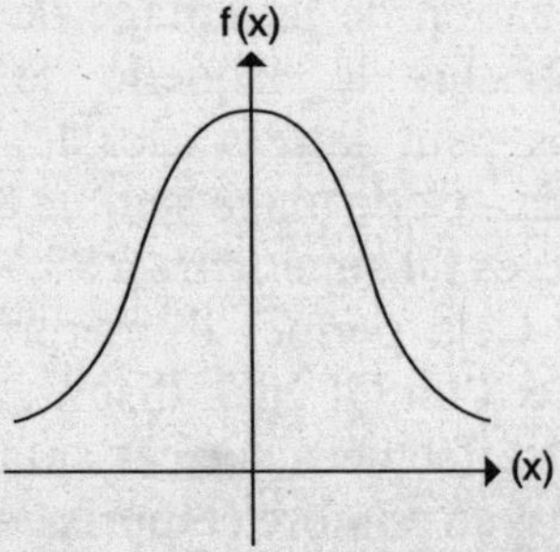

L'un des arguments utilisés par les fervents du QI pour démontrer que ce nombre mesure bien « quelque chose », même si l'on ne sait trop quoi, est le constat que sa répartition dans toutes les populations où il est mesuré est conforme à une « courbe en cloche » ou « courbe de Gauss », du nom du mathématicien qui en a fourni l'équation. Il est vrai qu'elle a une très jolie forme et attire la sympathie, bien que l'équation qu'elle représente soit particulièrement rébarbative, mêlant lettres grecques, racine carrée et exponentielle négative. Mais justement, cet aspect ésotérique a pour résultat de faire prendre cette courbe plus au sérieux qu'elle ne le mérite.

Elle décrit simplement le résultat obtenu lorsque l'on essaie de limiter les effets du hasard en multipliant les observations.

Imaginons que nous désirions estimer le nombre total de caractères d'un gros dictionnaire en y consacrant le moins de temps possible ; il suffit de regarder le nombre total de pages et de multiplier par le nombre de caractères d'une page choisie « au hasard ». Cette estimation est évidemment assez grossière, car ce « hasard » peut nous avoir fourni une page particulièrement pauvre ou particulièrement riche en caractères. Pour améliorer la précision du résultat nous pouvons recommencer en choisissant deux, trois pages. On peut montrer que, lorsque ce nombre n augmente, l'écart entre l'estimation obtenue et le nombre réel a une répartition conforme à la courbe de Gauss. Autrement dit, le hasard n'est capricieux que coup par coup ; ses interventions répétées créent, à la longue, un certain ordre qui peut être décrit par notre courbe.

Plus riche de prolongements est le constat que cette courbe est également obtenue lorsque l'on fait la moyenne d'un grand nombre de caractéristiques quelconques mesurées chez les individus d'une population. Demandons à chacun d'indiquer le nombre de globules rouges dans un centimètre cube de son sang, le nombre de pièces dans son portemonnaie, le nombre de cheveux par centimètre carré de son cuir chevelu, le montant de ses impôts, son tour de taille... Additionnons et faisons la moyenne. Le nombre obtenu n'a évidemment aucune signification. Mais on peut montrer que, si le nombre de caractéristiques indépendantes ainsi prises en compte est élevé, cette moyenne aura une répartition en forme de courbe en cloche.

Ce constat n'est pas insignifiant. Il ruine le raisonnement de ceux qui justifient le recours au quotient intellectuel comme mesure de l'intelligence en s'appuyant sur le fait d'observation que ce QI est réparti dans toutes les populations conformément à cette courbe. Tout au contraire, cette observation est une indication forte en faveur de l'hypothèse qu'il n'a aucune signification. Il n'est que la résultante de l'accumulation de mesures dépourvues de liens entre elles.

Mais le plus grave danger du QI est de donner l'illusion, étant un nombre, de mesurer une réalité objective, caractérisant notre personnalité. L'expression : « Mon QI est de 106 » est trompeuse, car elle est semblable à « Ma taille est de 175 cm » ou « Mon groupe sanguin est B ». Cette illusion aboutit à utiliser le QI pour orienter les élèves vers des filières plus ou moins longues. Le raisonnement apparaît raisonnable ; il camoufle pourtant un véritable contresens. L'observation montre en effet que la majorité des élèves dont le QI était à onze ans inférieur à 100 ont eu des difficultés avant le bac, inférieur à 120 des problèmes lors de l'entrée à l'université. On en conclut que la société perd beaucoup d'argent, et eux-mêmes beaucoup de temps, à tenter une aventure intellectuelle qui n'est pas à leur portée. Il est préférable, estime-t-on au nom du réalisme, de les faire entrer au plus tôt dans la vie active.

En fait, cette conclusion est un bel exemple de l'erreur consistant à transformer une corrélation en une cause. Certes, bas QI et échec scolaire sont corrélés, mais cela ne prouve nullement que le premier soit la cause du second. Ils sont tous deux conséquences d'une même cause commune, contre laquelle il est possible de lutter. De même, loyer élevé et possession d'une grosse voiture sont deux caractéristiques corrélées, ayant la même cause, l'importance des ressources ; ce n'est pas en payant plus cher de loyer que l'on accroît la possibilité de rouler carrosse.

Sauf cas pathologique, toute affirmation du style « cet enfant est fait pour... » ou « n'est pas fait pour... » est abusive. Elle se veut une prévision fondée sur un constat, elle n'est qu'une prophétie autoréalisatrice provoquant, par son énoncé même, les événements qu'elle annonce. Les enfants sont en effet des victimes désignées pour l'« effet Pygmalion ».

L'effet Pygmalion

Ce terme a été proposé par des psychologues de l'université de Harvard qui cherchaient à préciser l'influence de l'opinion des enseignants sur la réussite scolaire des élèves. Sans dévoiler leurs intentions aux instituteurs, ils ont fait passer aux enfants, le plus sérieusement du monde, des tests censés mettre en évidence leur capacité à améliorer leurs performances scolaires. Les résultats communiqués aux enseignants étaient en réalité tirés au sort ; au hasard, tel élève était désigné comme susceptible de progrès rapides, tel autre comme incapable de faire mieux. Une année s'étant écoulée, ces chercheurs sont venus confronter la réalité et leurs prédictions : la plupart de celles-ci étaient vérifiées. Il semble qu'il ait suffi d'annoncer des progrès pour qu'ils aient été facilités, principalement pour les plus jeunes. Pour le cours préparatoire, l'amélioration d'une année à l'autre était de 27,4 points pour les enfants présentés comme capables de progrès, de 12,0 points seulement pour les autres ; pour le cours moyen, ces nombres étaient 16,5 et 7,0 ; pour la dernière année du primaire il n'y avait pas de différence significative.

L'attente des enseignants est un élément essentiel de l'attitude de l'élève. S'il sent une confiance, il l'intériorise, retrouve espoir en ses propres possibilités et fait les efforts lui permettant de progresser. Plus il est âgé, plus il constate que l'opinion des enseignants sur lui est figée et se sent enfermé dans le carcan des échecs antérieurs inscrits dans son carnet scolaire.

Une remarque faite à cette occasion par les chercheurs de Harvard révèle le pouvoir autoréalisateur des prévisions des enseignants : les enfants qui avaient déjoué les pronostics, même dans un sens favorable, qui avaient progressé en dépit de l'annonce d'une stagnation, étaient regardés comme antipathiques, comme des éléments dérangeants de la classe. Il ne fait pas bon donner tort au maître.

Les enseignants ne sont évidemment pas seuls à être des Pygmalions façonnant plus ou moins consciemment les enfants. Les parents commencent et poursuivent leur œuvre longtemps. Pour s'en tenir au seul domaine scolaire, une mesure de leur influence est fournie par une étude menée par une équipe de l'INSERM. Elle a porté sur trente-cinq enfants (dont trois paires de jumeaux) nés dans des familles pauvres, de parents sans qualification professionnelle, abandonnés avant l'âge de quatre mois, et adoptés par des familles de cadres. Vingt de ces enfants avaient des frères et sœurs, trente-neuf au total, restés dans leur famille d'origine. Les parcours scolaires de tous ont été suivis et minutieusement décrits. La comparaison la plus riche d'enseignement est la suivante : jusqu'à l'entrée en classe de sixième, pour les trente-cinq enfants adoptés, les difficultés rencontrées ont la fréquence moyenne constatée dans les familles de cadres, cinq échecs mineurs, dont un redoublement, et un échec grave (affectation à une classe parallèle) pour une paire de jumeaux. En revanche, pour les trente-neuf frères et sœurs restés dans leur milieu d'origine, douze échecs mineurs et douze échecs graves ont été constatés.

Certes, ces nombres sont trop faibles pour être regardés comme une preuve de l'influence décisive du milieu sur la réussite de chacun dans la construction de l'outil support de son activité intellectuelle. Ils peuvent du moins faire prendre conscience de l'effort à accomplir dans notre société pour parvenir à une véritable égalité des chances.

Toutes ces observations et ces réflexions convergent vers un constat qu'il est important de faire comprendre aux élèves : sauf cas pathologique, leur intelligence est le résultat toujours provisoire de leurs propres efforts pour la développer. Ces efforts n'ont pas pour motif le désir de dépasser les autres en une compétition subie et infantile, mais celui de se dépasser soi-même en une émulation volontaire et féconde.

Pour développer cette intelligence, il est nécessaire d'engranger du savoir. Ce savoir n'est pas une fin en soi, il est au service de la compréhension des problèmes essentiels. Cette compréhension est nécessaire à chacun pour lutter contre les fantasmes issus de vieux obscurantismes, pour participer aux choix que doivent faire nos sociétés face aux pouvoirs nouveaux apportés par les avancées techniques, et surtout pour entrer dans le réseau des échanges qui lui permettent de devenir une personne engagée dans sa communauté.

MES ENGAGEMENTS

Les jeunes que je rencontre sont souvent étonnés des différentes façons dont je leur suis présenté ; parfois l'accent est mis sur mon parcours universitaire et professionnel, parfois sur mon rôle aux côtés d'associations qui mènent des luttes dont certaines ont été largement décrites par les médias. Ce mélange des genres les rend perplexes. Dès qu'un contact un peu personnel est établi, ils osent poser la question : « Quel est le lien entre vos activités de scientifique et vos engagements dans la vie quotidienne ? » J'ai souvent l'impression que cette question leur a été suggérée par des réflexions familiales plutôt critiques à mon égard. Pourquoi un « cher professeur » se mêle-t-il à de telles manifestations, et surtout à de telles actions parfois assez éloignées des normes légales ?

Je n'oublie pas que l'école est neutre. Il ne m'est pas permis de présenter comme seules acceptables les opinions que je crois bonnes ; je ne peux pas pour autant me réfugier dans le silence, alors qu'ils connaissent mes engagements, qu'ils me savent solidaire d'équipes s'efforçant d'aider les sans-logis, les sans-papiers, les sans-travail. Sans chercher à les convaincre de prendre la même direction, je me crois autorisé à leur montrer que la cohérence est grande entre la réflexion que je mène en tant que scientifique et mes prises de position publiques. Il me faut à la fois être sincère et respecter l'opinion opposée. L'exercice est difficile. Je comprends les réactions courroucées des parents qui ont des opinions très différentes des miennes et qui n'apprécient pas l'influence que j'ai pu avoir sur leurs enfants. Un père de famille me voyant manifester aux côtés de sans-logis m'a récemment reproché d'avoir « contaminé » les élèves du collège de son fils où j'avais fait une conférence une année plus tôt. L'expression m'a fait penser au procès de Socrate à qui l'on reprochait de « pervertir la jeunesse ». La référence est certes beaucoup trop grandiose. Il est vrai que je ne cours pas grand risque et ne subirai pas le supplice de la ciguë. Mais je constate que les collégiens d'aujourd'hui ont un esprit critique développé ; ils sont parfaitement capables d'argumenter contre moi, et de défendre des thèses opposées ; en leur apportant ce que je crois être des éléments de réflexion, je leur manifeste du respect.

La branche de la génétique que j'ai pratiquée est directement liée à la compréhension de l'évolution et de la différenciation des êtres vivants. Elle conduit nécessairement à un certain regard sur notre propre espèce. Parmi des millions d'autres, cette espèce, qui appartient au genre des primates, peut être présentée, au sein de cet ensemble, comme souffrant de multiples handicaps. Entre autres, on peut citer notre incapacité à nous mouvoir dans les branches faute d'orteils capables d'agripper les branches, ou, comme je l'ai déjà mentionné, l'inadaptation de la taille du bassin maternel au volume crânien du fœtus. Notre émerveillement devant nous-mêmes est moins justifié par nos caractéristiques physiques que par nos performances intellectuelles fabuleusement développées. Ce qui fait de notre espèce un cas très particulier résulte de ces performances.

Elles nous ont permis de développer une aventure évolutive originale, à un rythme infiniment supérieur à celui des autres espèces. Pour celles-ci, les seules transformations durables sont celles des informations génétiques transmises entre générations ; elles évoluent au rythme lent de l'apparition des mutations. Pour les décrire, l'unité de temps utile est de l'ordre du million d'années.

Pour l'homme, les transformations décisives ne sont pas celles de ses organes, ce sont celles de sa culture, qu'il fait lui-même évoluer à un rythme qui ne dépend que de lui et qui vient de s'accélérer ; il lui a fallu quelques centaines de milliers d'années pour apprivoiser le feu, quelques dizaines de milliers pour mettre en pratique l'élevage et l'agriculture, quelques milliers pour inventer l'écriture et se doter des outils de compréhension que sont les mathématiques ou la philosophie, quelques siècles pour comprendre les grandes lignes de l'univers qui l'entoure. Au cours des dernières décennies, il a renouvelé de fond en comble le regard qu'il porte sur cet univers. Comment le scientifique, qui a le privilège de participer à ce renouveau, pourrait-il se dispenser de mettre sa lucidité au service d'un renouveau parallèle de l'organisation de la vie en commun ?

La génétique m'a aidé à comprendre que regarder l'autre comme un obstacle qu'il faudrait vaincre ou éliminer ne peut aboutir qu'à une destruction de moi-même ; elle m'a engagé sur le chemin de réflexions me montrant l'autre comme une source dont je peux profiter pour devenir moi-même. Constatant que la société dans laquelle je vis est structurée en niant cette évidence, je ne peux que crier « casse-cou ». Lorsque j'entends développer des arguments sur l'inégalité des races, je ne peux que crier au mensonge, et dénoncer les menteurs. Lorsque je vois des jeunes désespérés de ne pouvoir entrer dans une société qui les rejette alors qu'elle devrait les accueillir tous à bras ouverts, je ne peux que manifester mon angoisse et plaider pour un changement radical de la structure économique. Lorsque des familles privées des « papiers » permettant de sortir dans la rue sans crainte d'être reconduit à la frontière se réfugient dans une église, je ne peux que me solidariser et hurler ma honte quand les forces dites de l'ordre pénètrent à coups de hache dans ce lieu sacré.

Le rôle du scientifique est celui d'un veilleur, qui donne l'alerte lorsqu'il voit se répandre des contrevérités ou quand il assiste à des actes inacceptables.

Bien sûr, comme chacun, un scientifique peut se tromper ; mais il appartient à une corporation qui pratique en permanence la critique réciproque ; ses faux pas seront normalement vite repérés par ses collègues. Les querelles entre eux sont le signe de l'efficacité de ce contrôle collectif. Parfois, surtout dans les pays où les mœurs de la démocratie ne sont pas totalement acceptées, ce contrôle ne fonctionne pas correctement. C'est ce qui est arrivé pendant près de trente années en URSS, lorsqu'un certain Lyssenko a prétendu inventer une nouvelle théorie génétique distincte de la « génétique bourgeoise » et proposé des méthodes présentées comme marxistes, qui ont été catastrophiques pour l'agriculture soviétique. Ses collègues savaient fort bien qu'il se trompait ou qu'il mentait, mais ceux qui ont eu le courage de le dénoncer ont été envoyés dans des camps.

Le rôle libérateur de la science est donc indissociable de la démocratie et les scientifiques ont par conséquent, plus encore que quiconque, le devoir de la défendre ; c'est cela, pour moi, « faire de la politique ». Il ne s'agit pas nécessairement de militer dans un parti ou de se présenter aux élections ; l'action peut être tout aussi efficace en réagissant au jour le jour face aux injustices constatées. Que des familles grelottent dans la rue alors que des milliers d'appartements sont vides peut, à bon endroit, être considéré comme inacceptable. Entrer en politique, c'est-à-dire participer à la vie de la cité, c'est commencer par ne pas accepter l'inacceptable.

L'expérience montre que cette attitude peut être efficace et provoquer des changements en profondeur de la société. L'exemple du combat pour le logement des personnes défavorisées en est une preuve. Les fondateurs de l'association « Droit au logement » se sont, au début de leur action, contentés de trouver des solutions immédiates pour des familles mises à la rue. La seule possibilité était de les faire entrer dans des logements laissés vides par leurs propriétaires. Naturellement, cette violation du droit de propriété était sanctionnée par les tribunaux qui requéraient la force publique pour faire déguerpir les occupants. Mais, relayés par les journalistes, les animateurs de DAL ont si bien plaidé leur cause que le droit au logement a été reconnu par le Parlement, puis par le Conseil constitutionnel, comme équivalant au droit de propriété. Aujourd'hui, les tribunaux demandent le relogement des squatters par les municipalités avant de provoquer leur expulsion. C'est tout un pan de la morale collective qui a été transformé au profit du respect du droit à la dignité.

Certes, les actions menées sont parfois illégales ; mais cet aspect est rendu moins déplaisant si elles sont non violentes. Le respect de la loi est toujours préférable, mais il est parfois nécessaire d'aider le législateur à la transformer, ou à l'interpréter dans un sens plus favorable aux personnes défavorisées. L'exemple du squat de la rue du Dragon (la plupart des jeunes que je rencontre en sont informés, même au Brésil, au Maroc ou au Québec) est révélateur de la possibilité de ce coup de pouce apporté aux autorités pour qu'elles modifient leur attitude. Le jour même de cette opération rendue spectaculaire par les médias, le Premier ministre a promis de ne pas expulser les familles, et le lendemain le maire de Paris annonçait son intention de réquisitionner de nombreux logements.

Participer à de telles luttes est à la portée de chacun. Nous avons la chance (qui n'est pas partagée par beaucoup d'êtres humains) de vivre dans une démocratie. La faire vivre, c'est s'exprimer par la parole ou par des actes. En y encourageant mes interlocuteurs scolaires, il me semble jouer mon rôle de citoyen.

ESPÈCE HUMAINE
ET PERFECTION BIOLOGIQUE

« Pourra-t-on un jour créer un homme parfait ? » La question est posée pratiquement dans les mêmes termes par toutes les classes, des primaires aux terminales. Dans ce domaine, la télévision a provoqué l'uniformisation dans l'accès aux informations. Tous ceux qui la regardent savent désormais ce qu'est un clone, ce qu'est une maladie génétique, ce qu'apporte la possibilité de prévoir, quelques semaines après la conception, les problèmes de santé que rencontrera le futur enfant. Mais, derrière les mots techniques répétés, la compréhension des mécanismes en action est souvent très lacunaire. Même avec les élèves les plus avancés, incollables sur les « lois de Mendel », il est facile de constater qu'ils n'ont pas vraiment assimilé l'opposition entre transmission des gènes et transmission des caractéristiques apparentes.

« Pourquoi certains caractères génétiques ne sont-ils pas transmis ? »

L'exemple le plus souvent cité est celui de la capacité à rouler sa langue en forme de gouttière. Il s'agit d'une caractéristique pittoresque sans le moindre intérêt biologique, dont on a constaté qu'elle est sous la dépendance d'un couple de gènes. Les professeurs de biologie ont souvent recours à cet exercice qui ne coûte rien et amuse les élèves. Rentrés chez eux, ils font faire l'expérience à leurs parents et à leurs frères et sœurs et constatent que des parents « rouleurs » peuvent procréer des enfants « non rouleurs ». Comment ce caractère rigoureusement génétique peut-il n'être pas transmis ?

La question a exactement la même réponse, dans un registre plus grave, si l'on évoque la terrible maladie qu'est la mucoviscidose. Les parents peuvent rouler leur langue mais leurs enfants parfois ne le peuvent pas ; les parents ne manifestent pas le moindre symptôme de la maladie mais leur enfant est dramatiquement atteint. Ces constats semblent à l'appui de l'hypothèse que ces traits ne sont pas héréditaires, alors que, tout au contraire, ils résultent d'une transmission génétique. Le mot « héréditaire » lui-même pose donc problème ; il a été défini à une époque où l'on ne pouvait raisonner que sur les apparences. La couleur de la peau ou la fortune étaient considérées comme héréditaires car la ressemblance était manifeste entre les géniteurs et les enfants. Avec la vision mendélienne, nous savons que cette apparence n'est que la conséquence d'un mécanisme complexe, notamment la transmission des gènes auxquels sont liés ces caractères.

Le paradoxe de la non-transmission des traits apparents résulte des modalités de cette liaison. Celle-ci peut déjouer notre intuition car elle fait intervenir un couple de gènes pour chacun des traits élémentaires. A l'opposition « rouleur-non rouleur », ou « sain-malade », elle substitue, dans les cas les plus simples, une triple possibilité : les associations de deux gènes (RR, Rr, rr ou NN, Nm, mm), où R désigne le gène lié au roulage, r au non-roulage, N le gène de la santé, m celui de la maladie. La nature met en place un lien entre ces trois « génotypes » et ces deux apparences. Souvent, ce lien repose sur la dominance de l'un des deux gènes, c'est-à-dire sa capacité à s'exprimer seul en présence de l'autre, qui est dit récessif. Dans nos exemples, les gènes R et N sont dominants, r et m récessifs. Il suffit donc que les parents aient été tous deux (Rr) ou (Nm), donc « rouleurs » ou en bonne santé, pour que leurs enfants puissent être (rr) ou (mm), c'est-à-dire non rouleurs ou malades. Ce que nous apprend la génétique est que cet événement est dû au jeu de mécanismes aléatoires et se produit une fois sur quatre.

Si élémentaires que paraissent ces remarques, je constate d'expérience qu'elles sont nécessaires, tant elles sont contraires au fameux bon sens. Être « scientifique », c'est accepter de regarder plus loin que l'horizon que nous dévoilent nos sens.

Destin individuel et génétique

Dès que le patrimoine génétique d'un futur individu est constitué, c'est-à-dire dès la fusion de l'ovule et du spermatozoïde, les règles du jeu de son développement biologique sont fixées. L'aboutissement dépendra des matériaux reçus, des aventures rencontrées ; mais la façon dont ces matériaux seront intégrés, dont ces aventures seront surmontées, dépend de ces recettes biologiques initiales. Le fait nouveau, bouleversant notre regard sur l'embryon, est que nous commençons à connaître ces règles et à intervenir pour les modifier. Il s'agit là d'une véritable révolution dans notre attitude face à notre destin. Jusque-là seul le hasard, ou Dieu, pouvait être tenu pour responsable de ce que nous étions.

De la fécondation jusqu'à l'âge procréateur, la nature opère un tri sévère. Dès les premières semaines de gestation, plus de la moitié des produits de conception sont éliminés, en fonction de critères fort mal élucidés mais qui doivent en grande partie reposer sur les gènes reçus. La naissance était autrefois un événement à haut risque ; les premières années provoquaient une hécatombe. Finalement, il fallait beaucoup de chance pour avoir le droit de participer à la transmission du patrimoine.

Tout est changé si nous avons le pouvoir de décrypter les informations reçues, d'en déduire les probabilités d'élimination ou de réussite, et, éventuellement, de modifier ces informations. Le futur individu sera le produit d'une volonté, d'un objectif, non une réalité reçue telle quelle, sans projet, la nature l'a fournie. C'est toute notre attitude face à l'événement majeur de notre vie, procréer, qui en est bouleversée. Alors que nous étions obligés d'accepter, il va falloir choisir, donc décider. Et par conséquent adopter des critères en fonction de quoi prendre ces décisions. Il est important de montrer aux jeunes à quel point les avancées de la connaissance les mettent en face de questions que jamais les générations précédentes n'avaient évoquées. Dans ce domaine, tout est à inventer.

En fait pour l'instant, nous sommes seulement capables de déceler les gènes de l'embryon qui risquent d'entraîner des problèmes de santé plus ou moins tôt au cours de sa vie, mais nous sommes bien incapables de remplacer ces gènes délétères par des gènes meilleurs. La seule décision est donc d'accepter ou non de laisser se développer cet embryon. La prévision de telle maladie future peut-elle motiver une décision d'avortement ?

Devant cette question, nous sommes tous également démunis. Car nous sommes face à deux respects incompatibles : respect pour l'embryon, promesse d'être humain, capable de devenir une personne ; respect pour la jeune femme qui le porte, personne à qui il est raisonnable de reconnaître le droit de disposer de son propre corps. Il est normal que, dans un tel cas, les passions se déchaînent, chacun trouvant des arguments dans la métaphysique ou la religion qui oriente sa vie. Pour échapper à des querelles inutiles, il est nécessaire de comprendre aussi bien que possible ce qui est en cause. Le rôle de la société est de fournir à tous une information rigoureuse et d'apporter des précisions scientifiques sur la réalité, tout en s'efforçant d'écarter les fantasmes forgés au cours de périodes obscurantistes où l'on ignorait l'essentiel des processus de la procréation. Dans ce domaine comme dans tant d'autres, la science ne fournit pas « la » réponse à un problème moral ; elle permet du moins d'en énoncer objectivement les termes.

Un jour peut-être, tous les citoyens seront suffisamment informés pour que les problèmes éthiques générés par les avancées de la connaissance puissent être résolus non par quelques personnalités constituant un comité d'éthique, mais par l'ensemble du peuple. Alors sera réalisée une forme nouvelle de démocratie, la démocratie de l'éthique.

TRAVAIL ET CHÔMAGE

Nombreux sont les écoliers dont l'environnement familial est hanté par le drame du chômage, qu'il soit redouté pour l'avenir ou vécu déjà depuis de nombreuses années. Certains d'entre eux n'ont jamais vu leurs parents ou leurs aînés partir au travail ; ils ont le sentiment d'être la deuxième génération de chômeurs et sont persuadés que ce statut va être celui de la génération suivante. Les questions concernant ce sujet sont celles où ils laissent le plus facilement transparaître leur angoisse sur le sort qui les attend. Quelle chance ont-ils raisonnablement de pouvoir un jour participer à la « vie active » ?

Pour ne pas ajouter à cette angoisse, je leur propose tout d'abord une lecture amusante, une petite pièce peu connue de Jean Giraudoux : *Supplément au voyage de Cook*. L'auteur y présente un pasteur anglais venu apporter à des indigènes d'une île du Pacifique les bienfaits de la civilisation, en premier lieu le respect de la morale et l'amour du travail. À vrai dire, ils comprennent mal ses leçons. Pourquoi travailler quand la nature fournit le nécessaire, quand la nourriture est donnée par l'arbre à pain, la boisson par les sources, le bonheur par la compagne ? Ils se souviennent d'un des leurs qui autrefois, étrangement, s'était mis en tête de travailler ; il s'agitait tant qu'un liquide nauséabond sortait de sa peau ; il sentait si mauvais qu'il avait fallu l'abattre. Malgré leur bonne volonté, ces sauvages ne parviennent pas à comprendre comment le travail peut être la source de la dignité.

En fait, durant la plus grande partie de l'histoire humaine, le concept même de travail ne correspondait à aucune réalité. Les chasseurs-cueilleurs qu'étaient nos lointains ancêtres ne connaissaient que des activités considérées aujourd'hui comme des loisirs. Ce n'est qu'il y a moins de vingt mille ans que nous avons imaginé de retourner le sol, de le semer, de récolter, de mettre à l'abri la nourriture produite par les champs. Pour cela, il a fallu créer des outils, construire des greniers, défendre ceux-ci contre les voleurs, inventer des moyens de se battre plus efficacement, faire la guerre. Certes, ce statut d'éleveurs-agriculteurs permettait de disposer d'une plus grande quantité de nourriture, mais le prix à payer, l'obligation de travailler, a pu paraître à certains bien lourd. Pour alléger ce poids, nos sociétés ont imaginé de sacraliser ce qui n'est qu'une contrainte douloureuse.

Parmi les transformations radicales du sort des hommes que nous a apportées ce siècle, le recul de la malédiction du travail, présentée par certains comme une malédiction divine, est celle qui est source des pires contresens. Si l'on avait annoncé aux paysans d'autrefois qu'un jour il faudrait cent fois moins d'heures d'efforts pour produire un quintal de blé, ils auraient souhaité la venue rapide de ce nouvel âge d'or et imaginé les multiples fêtes qui rythmeraient les saisons. Aujourd'hui, cette prédiction est réalisée, mais il n'y a plus de fêtes et les paysans ont dû quitter les villages pour venir s'entasser dans les banlieues des mégapoles.

L'accès de chacun aux biens produits par l'effort de tous a été conditionné jusqu'à présent par sa participation à cet effort : « à chacun selon ses mérites ». Mais, pour produire, il faut désormais moins d'efforts. Un jour viendra où il n'en faudra plus du tout ; les machines remplaceront presque totalement l'homme. Nous devrions nous en réjouir. Or stupidement, par manque d'imagination devant des conditions nouvelles, nous le déplorons. Pour maintenir le système de répartition d'autrefois, certaines entreprises s'évertuent à produire des biens rigoureusement inutiles, les « gadgets » qui envahissent notre quotidien, dont elles s'efforçent de persuader le public qu'ils sont nécessaires. Cela donne du travail à ceux qui les produisent, à ceux qui en font la publicité, à ceux qui les vendent, à ceux qui les détruisent. Ce travail, finalement, n'est qu'une fatigue inutile et souvent destructrice des ressources non renouvelables de la planète. Pour camoufler la sottise de ce comportement collectif, un mot est utilisé : la croissance. Comme si celle-ci était un bien en soi, alors que, sur notre Terre limitée, toute croissance rencontre rapidement son asymptote.

Une autre organisation économique s'impose. Hélas, l'imagination, en ce domaine, n'est guère au pouvoir.

Les querelles à ce propos sont alimentées par l'ambiguïté du mot « travail ». Il peut désigner des activités qui usent le corps par la fatigue qu'elles entraînent, qui usent l'esprit par leur répétition ou leur manque d'intérêt, qui sont perçues comme imposées, subies, au service d'un objectif qui n'est pas celui du travailleur. Le sens du mot est alors proche de celui défini par son étymologie, le latin *tripalium*, qui désignait un trépied sur lequel on torturait un animal ou un homme ; le travail, c'est la torture. Il est normal d'essayer d'échapper à ce travail-torture : heureux les « sans-travail » !

Mais ce même mot désigne aussi les activités qui nous réjouissent par leur nature ou par leur finalité. Celles qui nous permettent de participer au fonctionnement de la structure collective qu'est la cité contribuent à notre propre développement par les échanges qu'elles impliquent. Être exclu de ce travail-échange est une catastrophe personnelle : malheur aux « sans-travail » !

Le mot « chômage » lui aussi est à double sens. Au cours des siècles passés, il désignait les jours où, pour fêter un événement royal ou pour honorer un saint patron, le travail s'arrêtait et faisait place aux réjouissances. C'est du trop grand nombre de ces « jours chômés » que se plaint le savetier de La Fontaine : « On nous ruine en fêtes. » Aujourd'hui le chômage n'est plus du tout synonyme de réjouissance ; signe d'un blocage de la société, il désigne les périodes où l'accès à une fonction est interdit à certains ; il manifeste que la communauté n'est pas capable d'ouvrir ses portes à tous et notamment aux jeunes.

La recherche des causes de ce blocage aux conséquences désastreuses amène nécessairement à une analyse du fonctionnement de l'économie.

Même en terminale, les jeunes n'ont guère eu de cours à ce propos ; ils sont peu préparés à une réflexion structurée échappant aux trop faciles « n'y a qu'à ». Je ne peux refuser de leur exposer mon point de vue, qui implique une prise de position « politique ».

L'erreur fondamentale, me semble-t-il, est de n'avoir pas profité de l'arrivée des machines pour provoquer un accroissement du travail-échange parallèle à la diminution du travail-torture, transfert que permet la merveilleuse efficacité des robots.

Il est utile de prendre un recul historique et d'avoir conscience de la barbarie de nos sociétés au cours des deux derniers siècles marqués par la création de l'industrie et la généralisation du travail salarié. En France, il a fallu attendre 1841 pour que la loi interdise de faire travailler plus de huit heures par jour les enfants de moins de huit ans ; 1848 pour qu'elle interdise de faire travailler les ouvriers des usines plus de douze heures par jour, soit quatre-vingt-quatre heures par semaine ; 1900 pour que les ouvriers obtiennent la semaine de soixante-dix heures, 1906 pour la semaine de soixante heures, 1919 pour la semaine de quarante-huit heures, 1936 pour celle de quarante heures, 1982 pour celle de trente-neuf heures. Aujourd'hui, grâce notamment à l'informatique, les progrès de la productivité se sont accélérés ; il paraîtrait raisonnable de poursuivre à un rythme aussi rapide cette conquête du temps libre ; une durée du travail de moins de trente heures, ou même de moins de vingt-cinq heures hebdomadaires, serait dans la continuité des progrès obtenus depuis un siècle. Mais les mentalités de certains décideurs restent marquées par les fantasmes d'autrefois ; les associations patronales mènent, par pur réflexe, un combat d'arrière-garde contre tout progrès en ce sens ; un représentant du patronat a même qualifié la loi des trente-cinq heures hebdomadaires d'« archaïque », ce qui, en bon français, signifie qu'elle était adaptée aux conditions du passé mais ne l'est plus à celles d'aujourd'hui !

Pour faire accepter des vies presque entièrement consacrées à des activités imposées, nos sociétés ont sacralisé le travail et l'ont présenté comme la source de la dignité. Dans cette optique, l'intervention des machines est perçue non comme un bienfait mais comme un tarissement de cette source.

En réalité, la source de la dignité est la participation au réseau des échanges. Le thème central de toutes mes interventions est la métamorphose de chaque petit d'homme en une personne humaine grâce aux liens qu'il tisse avec ceux qui l'entourent. L'objectif premier de toute communauté est donc de faciliter ces liens. Le recul de l'obligation de consacrer une part de sa vie au travail-torture est une occasion inespérée de mieux poursuivre cet objectif. Il ne s'agit pas de donner du travail à tous, mais de permettre à tous d'entrer dans le jeu aux ressources inépuisables de la construction de chacun grâce aux apports des autres.

Le rôle de l'école est de préparer les enfants à mettre en place et à faire vivre cette société de l'échange, dont les principales productions seront des richesses non marchandables, échappant par conséquent aux raisonnements des économistes : santé, éducation, culture, justice... Cette préparation exige au moins autant d'efforts que l'actuelle compétition à laquelle les contraint une société incapable de les accueillir tous. Elle incite chacun à une émulation où il ne s'agit pas de lutter contre les autres, mais contre soi.

SCIENCE ET PARA-SCIENCES

Étonnamment, la diffusion de l'attitude scientifique, à base de doute et de remise en question, semble s'accompagner dans nos cultures d'un développement des croyances les plus grossières, les plus infantiles, les plus irrationnelles. Influencés par une société où les mages et les « voyants » font fortune, les enfants sont capables, dans le même discours, de montrer qu'ils ont parfaitement compris la structure du système solaire, avec ses planètes gravitant autour du Soleil, et d'évoquer l'influence de la position de Saturne à l'instant de leur naissance sur leurs « dons » intellectuels ou sur leur future réussite amoureuse ou professionnelle. Cette pensée prélogique ruine les fondements mêmes d'une attitude vraiment scientifique, c'est-à-dire respectueuse des observations et développée grâce à un raisonnement rigoureux. La laisser se développer en estimant qu'elle disparaîtra spontanément tant elle est ridicule est une stratégie pleine de danger, semblable à celle d'un conquérant qui laisserait derrière lui, sans les soumettre, des villes ennemies intactes dont les garnisons seraient prêtes à sortir de leurs remparts et à attaquer ses arrières.

Construire une attitude lucide face au réel n'est possible que si l'on détruit au passage les résidus laissés par les croyances d'autrefois. Ce n'est pas là mépriser ces croyances. Elles ont été le produit d'un effort de compréhension admirable, mais elles ne pouvaient tenir compte des évidences peu à peu acquises grâce à un regard plus fin et à des réflexions plus approfondies.

Regardant la voûte étoilée, les premiers interrogateurs de l'univers ne pouvaient que constater le regroupement de ces astres en constellations, et leur donner des noms ; prolongeant cette voie, ils ont été amenés à les personnifier, à y voir les images de puissances lointaines, et finalement à tenter d'expliquer les événements qui se produisent sur notre Terre en imaginant des actes ou des volontés de ces êtres inaccessibles. Le discours à propos des astres, l'« astrologie », s'est ainsi développé à partir des informations que nos sens nous fournissaient en y ajoutant ce que notre imagination nous suggérait.

Par la suite, la mise au point de moyens d'observation meilleurs, comme la célèbre lunette construite par Galilée, a mis en évidence une réalité différente de celle que nous avions d'abord imaginée. Il a bien fallu accepter de reconnaître que la Terre n'est pas plate, mais a une forme sphérique, que la sphère céleste n'est qu'une apparence et que les astres ne sont nullement répartis sur une surface mais dispersés dans un immense espace au sein duquel ils se regroupent en galaxies. Du coup, les constellations, Grande Ourse ou Gémeaux, n'ont simplement aucune existence, elles ne sont qu'une illusion d'optique : deux étoiles apparemment proches peuvent être infiniment éloignées. Mieux regarder les constellations, c'est ne plus les voir ; ainsi en est-il de l'arc-en-ciel qui disparaît à mesure que nous tentons de nous rapprocher de lui ; la compréhension des phénomènes optiques nous met devant l'évidence que cet arc n'a aucune existence, il n'est que le résultat de la réfraction de la lumière du soleil dans les gouttes de pluie.

Ayant compris que les regroupements d'étoiles n'étaient qu'apparences trompeuses, tous les discours utilisant le mot « constellation », tous les développements reposant sur ce concept auraient dû immédiatement être abandonnés. Mais tant de légendes avaient été bâties à leur propos, elles avaient si bien peuplé l'imaginaire collectif que les esprits se sont raccrochés aux affirmations d'autrefois, de peur de se retrouver démunis face aux constats d'aujourd'hui.

Le discours raisonnable à propos des astres a changé de nom ; il est devenu l'« astronomie », laissant hélas le champ libre à une astrologie d'autant plus délirante qu'aucun lien avec le réel ne s'impose plus à elle.

La science ne prétend jamais tout expliquer. Les diverses disciplines font honnêtement l'inventaire des faits qui posent encore problème. Certains charlatans profitent de cette attitude pour apporter leur réponse en évoquant des phénomènes « paranormaux » qui donnent crédit à de vieilles légendes. Il a suffi que des incendies surviennent apparemment sans cause dans un village jurassien, il y a quelques années, pour qu'une multitude de « spécialistes » évoquent de mystérieuses forces telluriques, ou de non moins mystérieux pouvoirs psychiques, jusqu'au jour où les gendarmes ont découvert l'incendiaire, un pompier pyromane. Mais le tapage fait autour du mystère a été beaucoup plus entendu que l'annonce du dénouement.

Ce combat contre l'obscurantisme le plus épais est souvent difficile devant un groupe de jeunes qui lisent leurs horoscopes dans les revues dites populaires, celles qu'ils achètent ou celles que reçoivent leurs parents. Matraqués par des affirmations péremptoires, ils finissent par croire que Nostradamus avait prévu le résultat des dernières élections.

Pour tenter d'ouvrir les yeux sur la monstrueuse manipulation des esprits que constitue le bombardement astrologique ou paranormal de nombreux médias, deux types d'arguments peuvent être avancés : une analyse réellement scientifique des influences astrales supposées, une étude rétrospective des prévisions antérieures.

L'argument le plus souvent avancé par les défenseurs de l'astrologie et de tout ce qui gravite autour est la capacité de certains « voyants » à prévoir des événements à venir. Les médias mettent volontiers l'accent sur quelques exemples montrant une étonnante correspondance entre une prévision et une réalisation. Ainsi, une personne pense soudain à son fils qui vit au loin et apprend quelques jours plus tard qu'à l'heure même où elle a eu cette pensée, il était victime d'un accident. La probabilité de cette coïncidence est si faible qu'il semble nécessaire d'admettre qu'un pouvoir de divination ou de télépathie s'est exercé. En fait, ce raisonnement probabiliste est fautif. Il ne tient pas compte du nombre de fois où la même pensée s'est imposée à l'esprit sans qu'un événement ne vienne par la suite la justifier ; elle a par conséquent été rapidement oubliée. En privilégiant les cas où la coïncidence a été vérifiée, on fait apparaître comme un miracle ce qui n'est que l'un des innombrables possibles. Il suffit d'ailleurs de lire rétrospectivement les prévisions des voyants les plus célèbres interrogés rituellement en début d'année pour constater leur échec flagrant ; seules peuvent faire illusion les prévisions formulées avec une telle imprécision que n'importe quel événement peut leur correspondre. Il suffit d'avoir annoncé qu'au cours de l'année 1997 certaines princesses courront un grand danger pour se glorifier après coup d'avoir annoncé l'accident mortel de Diana.

L'argument le plus solide pour déjouer ces fantasmes est de recourir au raisonnement logique. Par quel cheminement étrange pourrait se propager la série causale liant la position de Vénus lors de notre naissance au risque de tomber amoureux la semaine prochaine ? Tout l'effort de la science est d'imaginer le parcours de ce cheminement et de vérifier les conséquences que l'on peut tirer de l'hypothèse proposée. Rien de tel n'est concevable pour justifier les affirmations des horoscopes. Ceux qui les rédigent sont, au mieux, des naïfs qui recopient de vieilles recettes, au pire, et plus probablement, des malins qui font fortune sans trop d'effort.

Seul aspect favorable de ces horoscopes, les conseils qu'ils fournissent sont en général très raisonnables : « Ne prenez pas de décision sans réfléchir. Ne vous laissez pas aller à la colère. Faites particulièrement attention en conduisant votre voiture... » Ils jouent donc un rôle bénéfique auprès d'esprits faibles qui ne savent comment orienter leur vie. Certes, mais faut-il pour autant laisser les jeunes croire à ces stupidités ? Je ne le pense pas, car le prix est lourd. Ce prix est l'acceptation d'une fatalité, la soumission à un destin déjà tracé, déjà décidé non par les dieux comme au bon vieux temps, mais par les planètes. Pourquoi devrais-je tenter de faire des efforts pour orienter ma vie, si la conjonction de Mars et de Jupiter lors de ma naissance a décidé, dès le départ de mon parcours, que je serais un chômeur ou un P-DG ? C'est, sous une forme nouvelle, la théorie de la prédestination qui reprend force ; mais les théologiens ne l'évoquaient qu'à propos du salut éternel.

Lutter contre cet obscurantisme, c'est participer à la mise en place d'une société où chacun sera conscient d'avoir à construire demain. N'est-ce pas le rôle premier de l'école ?

ET DIEU DANS TOUT ÇA ?

On prête au journaliste Jacques Chancel, spécialisé dans la conduite d'entrevues avec les personnalités les plus diverses, la manie de poser systématiquement la question : « Et Dieu dans tout ça ? » Les écoliers que je rencontre finissent toujours, lorsque la confiance est établie entre nous, lorsque le personnage du scientifique s'efface derrière la personne du grand-père, par formuler, dans d'autres termes, la même interrogation. J'ai longtemps préféré éluder la question, estimant que mon rôle n'est pas d'intervenir dans un domaine personnel que les familles balisent selon leurs propres convictions.

À la réflexion, cette dérobade m'a semblé n'être pas cohérente avec la sincérité que j'essaie de maintenir et de manifester. Expérience faite, prenant mille précautions, je réponds en présentant le témoignage de mon propre parcours. Ce parcours n'a rien d'exemplaire ; je ne cherche pas à en faire un modèle, j'évite la moindre trace de prosélytisme. À ce prix, un dialogue ouvert peut s'instaurer car ils ont besoin, pour comprendre réellement mon discours, de savoir de quel cheminement personnel mon attitude présente est l'aboutissement.

Issu d'une famille profondément catholique, j'ai été élevé dans le respect des croyances, des sacrements, des rites de cette religion. Puis est venu l'âge des remises en cause, des refus plus motivés par le besoin de s'opposer que par une réflexion. Alors s'est opérée une lente reconstruction à partir non seulement des matériaux reçus dans l'enfance, mais de tous ceux qu'apporte la vie. Enfin est venue l'approche d'une certaine stabilité que je ressens comme de moins en moins catholique et de plus en plus chrétienne ; au sens ou être chrétien, c'est prendre au sérieux les préceptes de vie proposés par cet homme, dit le Christ, qui s'exprimait il y a deux mille ans. Dans ce cheminement parfois heurté, les bifurcations ont été provoquées par les rencontres, les lectures, les réflexions, les émotions, particulièrement celles qui ont été suscitées par l'activité scientifique et le souci de rigueur qu'elle implique. L'important est de poursuivre honnêtement ce chemin, et de ne pas rester figé au cœur de certitudes mortes.

Sachant cela, les jeunes qui m'écoutent, qu'ils soient de familles musulmanes, chrétiennes, juives, animistes ou agnostiques, peuvent mieux réagir face à mes réponses et déceler celles qui, sans que j'en aie conscience, sont abusivement orientées par ma propre position.

Pour les plus jeunes, il s'agit surtout d'une interrogation sur le sens de leur vie dont l'aboutissement est connu, la mort. « Pourquoi est-ce que je suis né, puisque je dois mourir ? » — « Ce sera si triste de mourir, j'aurais préféré ne pas naître » —

« Après la mort, qu'y a-t-il ? » Avec les CM2, ces remarques sont fréquentes.

Constatons que l'origine de toutes les inquiétudes à propos du sens de la vie est l'évidence de la mort. Nous avons tous ressenti le choc insupportable de la disparition d'un proche. Il y avait quelqu'un. Il n'y a plus personne. Est-ce possible ? Tout nous pousse à ne pas accepter totalement cet anéantissement, ce vide succédant brutalement à une présence. Quelque chose, qui n'est pas une « chose », doit subsister de celui qui vient de disparaître. Mais quoi ? Qui peut répondre ? Aucun témoignage ne peut être recueilli, car le changement est irréversible. Nous en sommes tous réduits à des hypothèses. Il n'y a, en tout cas, aucune raison de se quereller à ce propos.

Et peut-être vaut-il mieux ne pas trop s'appesantir sur cette question puisque, définitivement, il sera impossible de donner une réponse fondée sur une observation ou une expérience. Face à l'interrogation sur notre propre mort, une attitude à première vue paradoxale mais finalement efficace est possible : je vous fais le pari que je suis immortel, et je n'hésite pas à parier 1 000 francs ; ce pari, je suis sûr de ne pas le perdre, car le jour où vous apprendrez que vous avez gagné, il sera trop tard pour venir toucher l'enjeu. Ce n'est qu'une boutade, mais elle permet de prendre conscience de l'absurdité qui touche certains concepts dès qu'il est question de l'après-mort.

Les problèmes auxquels nous devons donner la priorité concernent l'avant-mort, c'est-à-dire la vie. La lucidité première est de mesurer la valeur de ce cadeau fabuleux qu'est non pas la vie en elle-même, mais une vie d'homme ou de femme. Comme est dérisoire la vie seulement définie comme une succession de processus biologiques qui se mettent en place, luttent pour se maintenir le plus longtemps possible, et finissent par capituler et s'éteindre. Elle n'est qu'une chaîne d'événements banals, elle ne mérite guère l'émerveillement. La vie d'un humain est beaucoup plus, car lui sait qu'il vit. Il a conscience d'être. Il a compris que les instants présents seront suivis par les instants à venir, encore inexistants, mais sur lesquels il a une prise. Fabriqué par l'univers, il est capable de le transformer ; il est donc responsable.

« Votre vie est à construire ; vous êtes jeunes ; de multiples possibilités vont s'offrir à vous. Vous venez à l'école pour ouvrir les portes. »

Les plus grands posent plus souvent la question sous la forme classique : « Monsieur, croyez-vous en Dieu ? » Je leur rappelle tout d'abord qu'Einstein, paraît-il, répliquait : « Dites-moi ce que vous désignez par le mot Dieu, et je vous répondrai. » Ma réaction n'évoque pas le mot Dieu, mais le verbe « croire ». Que signifie-t-il réellement dans votre pensée ?

Croire, c'est faire confiance en la parole de l'interlocuteur. Mais cette confiance est subjective. « Je vous crois » signifie que je suis sûr que vous êtes de bonne foi, mais vous êtes, comme chacun, susceptible de vous tromper et les faits que vous décrivez peuvent être différents des faits réels.

Dans le discours du scientifique, le verbe « croire » n'a pas de place. Le point de départ de toute recherche est une observation toujours partielle, toujours imprécise. À partir de cette observation, la science s'efforce de proposer une explication sous la forme d'un modèle toujours provisoire, toujours révisable. Newton ne « croyait » pas à la gravitation universelle. Il ne présentait pas l'attraction entre les masses comme une réalité, mais comme une tentative (particulièrement réussie à vrai dire) d'explication de la chute des corps et du mouvement des planètes. Il n'affirmait pas « les masses s'attirent » mais « tout se passe comme si les masses s'attiraient », avec une force que sa célèbre formule permet de calculer. Son modèle ne permet d'ailleurs pas d'expliquer les constatations faites par la suite sur le mouvement de Mercure, il faut le remplacer par un modèle proposé par Einstein, celui de la relativité. Ce n'est pas un désaveu de Newton, mais un prolongement de sa pensée, en attendant que de nouveaux modèles prolongent la pensée d'Einstein. L'attitude scientifique ne consiste pas à croire mais à systématiquement mettre en doute et réviser. Chaque avancée est vécue comme un nouveau triomphe dans la recherche d'une conaissance du réel.

Pour autant, cette attitude ne répond pas à toutes les angoisses. Face à elles nous pouvons avoir besoin d'imaginer des réalités qui échappent à toute tentative d'observation. Ce besoin, certains l'éprouvent, d'autres non. Je ne cache pas appartenir à la première catégorie ; mais je ne peux comprendre que cette différence entre les uns et les autres puisse aboutir à des affrontements violents.

Pourtant, ces affrontements ont été parmi les plus meurtriers de l'histoire des hommes ; cette histoire est pavée de guerres de religions. Il est ici nécessaire de réfléchir à la fonction de ces religions.

S'appuyant sur l'étymologie de ce mot — le latin *religare*, relier —, on présente une religion comme une structure créant un lien entre tous ceux qui y participent. Il est vrai que le confort intérieur est grand de se retrouver avec les personnes qui partagent la même foi, qui se soumettent aux mêmes prescriptions, qui modèlent leur vie quotidienne selon les mêmes rites, qui se posent les questions fondamentales avec les mêmes mots, qui acceptent les mêmes réponses. Mais ceux qui ont en charge le maintien de ces liens ont trop souvent fait de ceux-ci la source de leur pouvoir. Les structures des Églises ont été calquées sur les structures des États, avec ce que ces structures impliquent de domination, d'exploitation, de compromission, de compétition, de violence.

Un autre regard est possible sur les religions en donnant à ce mot une fausse étymologie, et en le rapprochant du mot latin *relegere*, relire. Les religions nous aident à lire et à relire les textes fondateurs, non pas pour les rabâcher indéfiniment, mais pour y découvrir constamment de nouvelles pistes, de nouvelles ouvertures, de nouvelles richesses. Dans cette vision la religion chrétienne devrait avant tout apprendre à ses fidèles à lire l'Évangile, chaque fois comme si c'était la première fois, l'islam le Coran, la religion juive la Bible.

Avec ce regard, la science elle-même peut être considérée comme une religion, puisqu'elle consiste en une relecture permanente, une recherche jamais rassasiée des réalités de l'univers. Si les religions avaient la sagesse d'abandonner leurs rêves d'hégémonie, qui sont le plus souvent une trahison de leur message, toute opposition entre elles ou avec la science serait sans contenu. Cette sagesse est peut-être à notre portée.

Y parvenir devrait être une part de l'objectif de l'enseignement. Par un louable souci de neutralité, le système éducatif français n'évoque guère les oppositions entre religions qu'à l'occasion des explosions de violence auxquelles elles ont conduit : il est difficile d'enseigner l'histoire de la France sans évoquer la Saint-Barthélemy. Mais le contenu de ces religions n'est que rarement décrit. Il en résulte une méconnaissance aux conséquences graves, chacun ramenant la religion de l'autre à ses signes extérieurs. Il devrait être possible d'enseigner sereinement aux jeunes Français ce que signifie réellement être catholique, être protestant, être musulman, être juif, être agnostique. La connaissance de l'autre est la condition du respect.

UNE SOCIÉTÉ À RECONSTRUIRE

« Monsieur, que faire quand on ne rencontre personne à qui se confier ? » Elle était élève de CM2 dans une Zone d'éducation prioritaire. Devant elle, j'ai eu honte. Honte pour une société qui laisse une petite fille « sans personne à qui se confier ». S'il était conscient de ses devoirs et de son intérêt, le monde des adultes devrait se présenter aux jeunes comme une contrée ouverte où le seul problème serait de choisir entre les multiples chemins offerts. Chacun devrait y être accueilli comme le voyageur inattendu apportant les trésors de ses espoirs et de son enthousiasme.

Dans la société occidentale d'aujourd'hui, l'adolescent atteignant l'âge de l'autonomie se trouve, tout au contraire, face à une forteresse fermée dans laquelle il ne pourra pénétrer qu'en se faufilant par d'étroits et tortueux chemins. Il n'y a de place à l'intérieur que pour une minorité ; pour faire partie des élus, il devra jouer des coudes, se battre sans pitié contre ses camarades, les piétiner au besoin.

Comment l'aider à affronter cette situation ? La réponse adoptée trop souvent comme une évidence, sans réfléchir aux conséquences, est de lui apporter tous les moyens de l'emporter dans sa lutte contre les autres. Telle est généralement l'attitude du système éducatif ; sa finalité constamment rappelée est de préparer les enfants à entrer dans la société de demain. Au nom de cette finalité, l'enfance et l'adolescence sont transformées en un « parcours du combattant » projetant chacun vers une vie de compétition permanente.

Cette réponse est cohérente avec la réalité d'aujourd'hui, mais elle pèche par un oubli qui ruine sa logique apparente ; elle court-circuite l'interrogation : quelle sera cette société de demain ? Implicitement, il est admis qu'elle sera une simple extrapolation de celle d'aujourd'hui, que les tendances récentes se prolongeront, que le développement des techniques rendra toujours plus féroces les luttes entre puissances économiques. Cette soumission à des fatalités qui ne sont nullement imposées par la nature prépare une humanité toujours plus éloignée de l'idéal d'une possible « humanitude ». C'est-à-dire d'une organisation des rapports entre communautés permettant de voir en chaque « autre » non un obstacle mais une source.

Un changement radical d'orientation est nécessaire. Il implique de proposer aux jeunes non pas de se faufiler dans la forteresse, mais d'en abattre les murailles. Et de mettre en place une société où aucun humain ne serait perçu comme « en trop ». Ce changement ne pourra être réalisé que par l'adhésion des nouvelles générations. Cette adhésion ne peut être que le fruit de l'éducation. Nous voici donc devant une nouvelle définition du rôle du système éducatif : *non plus préparer les jeunes à entrer dans la société, mais les préparer à construire une société nouvelle.*

Il se trouve qu'en ce début du XXIe siècle (car ce siècle a commencé avec la chute du mur de Berlin et la fin de la guerre froide), les moyens sont disponibles pour entamer ce renouveau. Certes, les forces de la nature imposent toujours leurs contraintes, mais, sur tous les fronts, nous les faisons reculer. La fatigue, la maladie, la mort ne sont plus ce qu'elles étaient il y a cent ans. Les sens que la nature nous avait donnés pour découvrir le monde, nous en avons décuplé la portée. Les performances que la nature nous avait refusées, traverser les mers, voler dans les airs, nous nous les sommes octroyées. Comme le bateau de Rimbaud, nous avons quitté l'estuaire « sans regretter l'œil niais des falots » ; nous affrontons l'océan. Mais l'équipage est ivre.

Ceux qui nous gouvernent ne savent que parer au plus pressé en appliquant les recettes d'autrefois. L'exemple le plus caricatural de cette autodestruction est donné par les très nombreux États qui, aux prises avec un déficit que les financiers estiment insupportable, font des économies en coupant les crédits attribués à l'activité la plus budgetivore, l'éducation. Le système éducatif est jugé en fonction de son coût, qui est grand, non en fonction de ce qu'il produit, l'intelligence des jeunes, qui n'a pas de valeur marchande. Pour rembourser les dettes du passé, ces États détruisent leur avenir. C'est la logique de Gribouille portée à son paroxysme.

Cette attitude de myope, qui prépare les catastrophes de demain, est acceptée jour après jour par une société qui se comporte comme un malade obligé d'accroître constamment ses doses de drogue. Il y a trente ans, la perspective d'un chômage atteignant un million de personnes était considérée comme invraisemblable ; ce serait la révolution. Aujourd'hui il y plus de cinq millions de chômeurs, et les rues ne sont pas coupées par des barricades.

Nous nous habituons à supporter l'insupportable. Cette acceptation, cette résignation sont sans doute ce qu'il y a de pire dans le diagnostic que l'on peut porter sur notre devenir. Tout se passe comme si la destruction des richesses de la planète, le refoulement vers la misère d'une fraction toujours plus grande de l'humanité, l'accroissement des inégalités étaient fatals. Un sursaut est-il possible, nous ramenant à la lucidité ?

Je veux y croire. En rencontrant des élèves j'essaie de donner force à cet espoir.

AUTEURS CITÉS

Cantor Georg (1845-1918) : mathématicien ; il apporta la rigueur dans les raisonnements concernant les ensembles riches d'une « infinité » d'éléments.

Darwin Charles (1809-1882) : naturaliste ; il accumula les preuves en faveur de la théorie de l'évolution de l'ensemble du monde vivant, et proposa un processus expliquant la progressive différenciation des espèces, la « sélection naturelle ».

Einstein Albert (1879-1955) : physicien ; grâce à la théorie de la « relativité restreinte » rassemblant l'espace et le temps en un ensemble indissociable à quatre dimensions, il permit à la physique d'échapper au paradoxe de la constance de la vitesse de la lumière. Avec la « relativité générale », il proposa une nouvelle explication de la gravitation.

Ératosthène (276-194 av. J.-C.) : astronome et mathématicien surtout connu pour sa méthode de calcul des nombres premiers.

Galilée (1564-1642) : mathématicien et astronome ; il osa contredire les bases de la dynamique admises depuis Aristote et proposer de nouveaux concepts expliquant le mouvement des corps pesants ; inventeur d'une lunette, il renouvela les données de l'astronomie.

Gauss Carl (1777-1855) : mathématicien ; ses travaux sur la courbure des surfaces sont à la base des développements aboutissant à la relativité générale.

Gödel Kurt (1900-1978) : logicien ; il est surtout connu pour ses théorèmes introduisant le concept d'indécidabilité.

Mendel Gregor (1822-1884) : botaniste ; il découvrit la clé du mystère de la procréation : la double commande des diverses caractéristiques et la transmission par chacun des géniteurs de la moitié des informations qu'il avait reçues.

Newton Isaac (1642-1727) : mathématicien, physicien, il renouvela la plupart des concepts permettant d'expliquer les processus à l'œuvre dans le cosmos aussi bien à propos du mouvement des corps célestes que de la propagation de la lumière.

Poincaré Henri (1854-1912) : mathématicien ; il ouvrit de nouvelles voies à la mécanique céleste, anticipant certains des cheminements suivis par Einstein.

Russell Bertrand (1872-1970) : philosophe et mathématicien ; ses recherches entraînèrent un renouvellement des bases de la logique.

Socrate (470-399 av. J.-C.) : philosophe ; il chercha à inciter chacun à découvrir en lui, par la raison, les réponses à ses propres questions.

Table

Albert Jacquard dans Le Livre de Poche

Le Souci des pauvres n° 14367
L'Héritage de François d'Assise

Biologiste et généticien de grand renom, Albert Jacquard s'est, depuis plusieurs années, engagé au côté de l'abbé Pierre en faveur des déshérités et des exclus. Dans ce livre, il rend compte de son combat social et noue un dialogue fécond avec une des plus hautes figures de la spiritualité chrétienne — François d'Assise.

Comme nous, le « Poverello » naquit dans un temps où la violence politique, l'essor marchand et financier ont pour corollaire l'oubli de l'humain. En cette ère de Croisades, il n'hésite pas à tendre la main à l'Islam. Reparcourant cette existence de feu, Albert Jacquard souligne la valeur prophétique du fameux *Cantique des créatures*, où est affirmée l'unité profonde de l'homme, de la Nature et des espèces vivantes. Il voit dans l'esprit de pauvreté revendiqué par François un message d'avenir pour un XXIe siècle où la frénésie de consommation et de croissance ne pourra persister, sauf à nous mener vers un désastre écologique...

A travers cette passionnante confrontation de deux époques et de deux pensées, nous est proposée une réflexion sur ce que pourra être, au prochain millénaire, un authentique idéal humain.

Petite philosophie à l'usage des non-philosophes n° 14562

Jamais, sans doute, les incertitudes de chacun devant la société et l'avenir personnel ou collectif n'ont été aussi fortes, les systèmes religieux ou idéologiques aussi fragilisés.

Généticien de renom, mais aussi homme d'engagement et de culture, Albert Jacquard s'intéresse ici aux principales questions de la vie. D'*Autrui* à *Sagesse*, d'*Ethique* ou *Démographie* à *Hitler* ou *Origine*, il aborde, en conversation avec Huguette Planès, enseignante de philosophie, trente grands sujets éternels ou actuels. S'appuyant sur les travaux des scientifiques ou sur les doctrines philosophiques de référence, il nous donne des clefs, des questions, des réponses, et, qu'on le lise de A à Z ou au gré de sa curiosité, il incite à poursuivre la réflexion librement, par soi-même, à travers d'autres lectures.

J'accuse l'économie triomphante n°14775

Il n'y a plus de jour où l'on ne nous affirme que l'économie gouverne le monde, que les lois de la rentabilité et du marché constituent une vérité absolue. Quiconque conteste cette nouvelle religion est aussitôt traité d'irresponsable.

Mais une société humaine peut-elle vivre sans autre valeur que la valeur marchande ? Prenant ses exemples dans les domaines les plus variés — logement, emploi, santé, environnement, alimentation... — Albert Jacquard démontre les méfaits de l'économisme triomphant et fanatique qui prétend aujourd'hui nous gouverner. Economiste et scientifique, inlassable défenseur du droit au logement, il expose ici en des pages rigoureuses et claires, appuyées sur une vaste information, les convictions qui fondent son engagement. Il nous invite à refuser la fatalité inhumaine de l'intégrisme économique.

DU MÊME AUTEUR

The Genetic Structure of Populations
Springer Verlag, New York, 1974

Concepts en génétique des populations
Masson, Paris, 1977

Éloge de la différence – La Génétique et les hommes
Le Seuil, Paris, 1978

Au péril de la science
Le Seuil, Paris, 1982

Moi et les autres
Le Seuil, coll. « Point-virgule », Paris, 1983

Inventer l'homme
Éd. Complexe, Bruxelles, 1984

Cinq milliards d'hommes dans un vaisseau
Le Seuil, coll. « Point-virgule », Paris, 1987

Idées reçues
(avec Hélène Amblard)
Flammarion, Paris, 1989

Abécédaire de l'ambiguïté
Le Seuil, coll. « Point-virgule », Paris, 1989

Voici le temps du monde fini
Le Seuil, Paris, 1991

La Légende de la vie
Flammarion, Paris, 1992

E = CM2
Le Seuil, coll. « Point-virgule », Paris, 1993

L'Explosion démographique
Flammarion, coll. « Dominos », Paris, 1993

Absolu
(entretiens avec l'abbé Pierre, animés par Hélène Amblard)
Le Seuil, Paris, 1994

Les Hommes et leurs gènes
Flammarion, coll. « Dominos », Paris, 1994

J'accuse l'économie triomphante
Calmann-Lévy, Paris, 1995

La Matière et la Vie
Milan, coll. « Les Essentiels », Paris, 1995

Le Souci des Pauvres
Calmann-Lévy, Paris, 1996

Petite Philosophie à l'usage des non-philosophes
Calmann-Lévy, Paris, 1996

Composition réalisée par NORD COMPO

IMPRIMÉ EN FRANCE PAR BRODARD ET TAUPIN
La Flèche (Sarthe).
N° d'imprimeur : 1616 – Dépôt légal Édit. 2125-04/2000
LIBRAIRIE GÉNÉRALE FRANÇAISE - 43, quai de Grenelle - 75015 Paris.
ISBN : 2 - 253 - 14811 - 3

31/4811/1